GOBOOKS & SITAK GROUP©

GOBOOKS
& SITAK
GROUP©

文學新象 296

餘命10年

小坂流加

高寶書版集團

1

街道在豔陽曬出的熱氣中搖晃。

林立的大樓窗戶如燈塔般閃爍，錯身而過的電車殘影拉出光束。從人群前方往小巷弄方向奔跑的孩子們，踩著水泥地上閃爍的光點跑遠。公車與喧囂擦肩而過，離開公車的乘客一被陽光刺痛，立刻小跑步逃進建築物下勉強拉伸出的墨色影子中。自動門一打開，冷風安撫了曬痛的肌膚，進來的人們一同吐出放鬆的一口氣。

在白色天花板與白色牆壁守護下的這個場所，是被盛夏遺忘的地方。這個夏天，茉莉只能透過窗戶看見夏天。蒼白的天花板和牆壁好冰冷，照在油氈地毯上的光線也很微弱。擺在窗邊的向日葵，以及紅色算數題本的鮮豔色彩，彷彿也被這個空間吸光生命力，看起來好萎靡。

刻劃禮子心跳的機械聲在室內響起。

規律滴落的點滴又發光了。

「茉莉，妳的人生有後悔嗎？」

肌膚蒼白更甚床單的禮子微笑著說。

茉莉靜靜傾聽。

「『謝謝』、『對不起喔』和『我喜歡你』是我的後悔，好想告訴那些沒說出口的人。『謝謝』想對現在人在美國的高中學姐說，她在我遲遲交不到朋友，孤單躲起來吃便當時發現我，主動找我說話。『對不起喔』想對小學時養的狗生的小狗說，因為我們家不能養，媽媽把牠帶到附近的獸醫院去了。我想向牠道歉，拆散了牠們母子。『我喜歡你』想對學生打工時的店長說。因為會變成外遇所以說不出口，但感覺我現在似乎能說出口。只有說而已啦，絕對不會長出愛苗，所以放心。因為我的愛，已經長在那唯一的一個人身上了啊。」

這是茉莉和禮子最後的對話，隔週，禮子遠行了，前往名為「天堂」，沒有人見過的地方。

禮子丈夫在她病房前的走廊上痛哭，揹著書包的小男生被父親抱在懷中，緊咬下唇瞪著半空中。孩子手上緊握的算數題本的紅，映入遠遠看著的茉莉眼裡。丈夫悲痛地大聲哭泣，孩子纖細的手臂緊緊抱住父親。

偶爾在大廳打照面後漸漸開始會聊兩句的禮子過世了，那彷彿向自己展示十年後會有的未來。

茉莉和禮子身患相同疾病。

二十歲的夏天，她第一次看見人類死亡的真實。

高林茉莉知道什麼叫「晴天霹靂」，她那雖然稱不上晴天，也是沒下過大雨的平凡單調人生，突然遇到了晴天霹靂。

「每個人還可以活多久都不太一定，從妳的狀況來看，應該在短時間內不會怎樣。但這個疾病無法預測何時會發生什麼狀況。」

緊急住院的一個月後，在住院大樓的小房間裡聽見醫師如此宣告。

雙親臉色蒼白，身材纖細的姐姐拿手帕摀住臉，醫師尷尬地看著病歷表，只有當事者笑著。

「我知道，十年壽命。沒有人活得更久了對吧。」

茉莉如此說著，拿出在院內網路上查到的資料給醫師看。小房間裡的氣氛更加惡劣，所以茉莉笑得更開。

住院同時買的睡衣還幾乎全新，她穿著這身衣服的肌膚也同樣年輕，完全看不出是病患。

「無所謂啦，我也不想要變成大嬸，不是正剛好嗎？我沒事，還有十年已經很足夠了，人生不就這樣。」

二十歲的她無所畏懼。當時說出口的話不是謊言，甚至對年紀輕輕死去的自己感到陶醉。

知道告訴別人病名也毫無意義，正常活著的人對疾病名稱幾乎一無所知。

只要不成為醫生或患者，大概一生都不會看到。就是一串把器官和症狀排列組合後大約八個字的羅列，甚至還由國家的醫療機關掛保證是特異且罕見的疾病。

正常活著肯定不會碰到，沒有任何朋友知道的罕見疾病，但家人裡唯有父親知道這個病名。

因為祖母也罹患相同疾病，年紀輕輕就過世了，總是相當冷靜的父親只有在那時激動地逼問醫師，醫師相當難以啟齒地說也看過遺傳性案例。知道祖母是怎樣過世的父親，臉色越來越糟，最後變得蒼白。茉莉覺得父親被絕望、茫然與無力攻擊，連靈魂也停止活動。

茉莉突然害怕起來，使用醫院內的電腦更徹底調查這個疾病。

茉莉得知發病率後，驚訝的同時也絕望了，因為這個疾病的發病率遠比中樂透的機率還低。連在地區委員會的抽獎活動也沒中過獎的自己，為什麼會抽中這個呢？雖說可能遺傳，但還有幾個年紀相近的堂兄弟與親戚。為什麼只有我遺傳到呢？茉莉呆傻地看著眼前的資料任時光流逝。

接著遇到第一次發作。昏迷、大手術、看不見出院可能性的每一天。留在胸口的大傷痕，只是越變越糟的臉色、膚況，她緩慢也確實地逐步變成「病患」。

原本無所畏懼的啊。但在病房這充滿消毒水臭味的蒼白箱盒中度過的每日之中，從茉莉不曾多留意的碎片，至寶石般的寶物，一項一項慢慢喪失。

真實體認到身體遭病魔啃噬時的疼痛後才第一次察覺，發生在自己身上的事情有多嚴重。並且緩慢地逐一發現，這是個多大的損失。

當理所當然不再理所當然的瞬間，茉莉深感恐懼。年輕所創造出名為「無敵」的輕率強大，早已被破壞殆盡。

每次發作就無法止住咳嗽，好幾天止不住的咳嗽讓茉莉在病床上痛苦掙扎。持續過著戴上氧氣罩又拔掉，在加護病房與普通病房間來去的日子。

不僅現代醫療技術找不到治療方法，也沒有特效藥。面對只能靜靜等待死亡，憤怒與悲傷根本無處發洩的殘酷疾病，茉莉只能不停掙扎，住院後一轉眼一年過去了。

靠著身上的維生管線才勉強活著的茉莉，抬頭看著陰沉的蒼白天花板，想著。

無敵的自己早已不在，已經脫離和朋友們相同的軌道，已經無法回到過去的生活了……

在意識曚曨中迎接二十一歲生日，短大休學，同伴們大家都出社會了，只有茉莉還被絆在這裡。

只有壽命早一步超越了同伴們。

如果只能再活十年，你會做什麼呢？
是感覺還很漫長而悠哉以對嗎？或是感覺短暫而全力奔馳呢？
如果你聽到醫師宣告你只能再活十年，你會在下一個瞬間做出什麼呢？

2

兩年過去，二十二歲的春天，茉莉出院了。

能做的治療全做過一輪，嘗試了剛通過認證的藥物，也嘗試了尚未通過認證且保險不給付的藥物。即使如此，仍如某位偉大研究者所寫的論文所說，沒辦法完全治癒疾病。雖然恢復到只要靜養就可以在家療養的狀態，但因為不知道何時會發作，既不能工作也不能過度運動。心臟和內臟功能受到牽連也變差，為了減輕負擔需要限制飲食，在住院期間增加的藥物，也被嚴格管理得要照指示服用。

雖然身上帶著大炸彈，但茉莉對自己可以努力到出院鬆了一口氣。可以從白色的病房、與他人共同生活的空間解脫，所以她乖乖想著當然會遵守醫師交代的限制。兩年的歲月，讓茉莉成長為優秀的「患者」了。

走出醫院後，她最先抬頭看天空。

「天空……好藍……」

伸長手，感覺就可以碰到。感覺可以抓住什麼而伸長的手緊緊握拳。

張開手心一看，咧嘴一笑，手心上有櫻花花瓣。

「茉莉，要不要去哪裡繞繞？」

把行李放進後車廂的父親轉過頭來問，茉莉點點頭：

「我想看櫻花。」

「那我們繞去公園，然後在那邊吃義式冰淇淋吧。」

「嗯！怎麼辦？牛奶、巧克力還有優格，草莓或芒果也不錯耶。啊，也有季節限定的口味吧～好猶豫喔。」

茉莉雀躍的聲音讓父母相視而笑，車子開動後，茉莉仍然把窗戶打開仰望天空。天空無比遼闊，和被囚禁在病房窗框內的狹隘天空完全不同。

茉莉把文件擺在房內的地板上。

「罕見疾病……身障者保險、身障者手冊。」

然後還有存摺和印章。一打開存摺，匯款人欄位一年前開始出現「身障者年金」的名字，已經有將近一百萬日圓的存款。

「……這就是年金啊。」

「是啊，茉莉。」

姐姐桔梗走進房裡，大概是滿桌茉莉愛吃料理的出院慶祝會善後結束了吧，走廊那頭傳來父親喜歡的爵士音樂。

「啊，桔梗。謝謝妳幫我打掃房間。」

「不會，欸，茉莉啊，我們下次放假去買衣服吧。還是妳有想要去哪裡玩？」

「我的身體沒辦法突然到處活動啦。」

不禁對興奮提議的姐姐苦笑，姐姐沮喪地低下頭：

「說的也是，妳才剛出院，也沒辦法突然一口氣做所有事情。」

姐姐有點不好意思地說完後，茉莉慌慌張張地接著說：

「我想去散步，想走到附近的公園去，然後坐在長椅上吃便當。桔梗，妳做些什麼吧。」

說完後，姐姐的表情頓時開朗起來。

「那很不錯耶，我來做便當，做個超好吃的！」

「姐姐，拜託妳了。」

「包在我身上，可愛的妹妹。」

「等我有體力一點，也帶我去逛街喔。我有好多想要的東西。」

「這當然。妳之前這麼忍耐，全都儘管買。媽媽昨天有讓我看，妳的年金好誇張喔，妳可能比我還有錢耶。」

「可是我拚上性命賺來的呢。」

茉莉搞笑說完後，桔梗呵呵一笑。

「繳稅很辛苦，但要是轉來轉去會變成支持妳治療和生活的錢，姐姐會更努力賺錢喔。」

「姐姐，麻煩妳關照了！」

桔梗離開後，茉莉又再次看向桌上的資料，重新認知自己身在誰的保護之下。

小小嘆一口氣，和櫃子上鏡中的自己對上眼，勉強自己擠出笑容。

這裡已經不是醫院，不是冰冷的白色空間。母親和桔梗細心打掃的房間，每個角落都相當乾淨，到處擺著自己喜歡的東西。最重要的是沒有外人的氣息，沒有煩人愛說話的患者、沒有囉嗦的護理師也沒有難相處的醫師。完全隱私的空間。這裡也不會再有不合口味的餐點，只要對母親和桔梗說一聲，她們會做很多好吃的東西。這裡沒有在醫院裡累積的大量壓力，所以應該不需要嘆氣才對啊。

躺在桔梗替她鋪的好看圓墊上看著存摺自言自語：

「茉莉，妳好有錢喔！去買很多衣服吧……然後還想要戒指，還有可愛的鞋子……打扮得漂漂亮亮的要上哪去才好呢。」

在喜歡的家具和小物品包圍下，茉莉突然感到不安。現在才發現，即使突然重獲自由，自己也無處可去。

靜悄悄的房內，聽得見爵士樂聲和母親、姐姐的說話聲。茉莉的胸口顫動起來。

自從得病後，讓家人流了多少淚呢？不想再讓任何人哭泣了，所以，自己也不會再哭泣。

接下來的新生活中，不管發生什麼事都不再讓家人哭泣。雖然感到走投無路，茉莉仍持續激勵自己。

爸爸，對不起。

我沒辦法穿上成人式的振袖和服。

媽媽，對不起。

沒有辦法達成妳任何期待。

桔梗，對不起。

我是個偶爾會想著「別對我這麼好」的沒用妹妹。

對不起。

明明比大家都晚出生，卻比大家都早死。

只剩下，八年。

3

出院後又過了三個月。

在慢慢可以外出，開始適應生活之時。

和國中同學沙苗講長長的電話成為茉莉晚上的樂趣之一。

「總覺得閒閒無事真是厲害呢，早上起來想著『今天要幹嘛呢？』然後晚上要睡覺時想著『今天做了什麼啊』，不覺得超恐怖嗎？我可能會痴呆。」

『妳在說什麼啊，妳才幾歲。』

「二十二，但不久後夏天到了就二十三了。明明一天過得超慢，但一個月卻一轉眼就過去了耶。」

『啊，真的。在學年這個框架消失的瞬間，感覺時間的流速也改變了。我媽常說一年一下子就過去了，我也覺得越來越能理解這句話了。糟糕，我們確實在變老耶。欸，妳要是那麼閒，稍微外出一下如何？妳現在不是說會稍微散步讓身體習慣嗎？』

「嗯，我會去散散步喔。」

『還「散散步」咧，妳是老人家啊……那，要不要去年輕人一點的地方？』

沙苗富含深意地一笑，茉莉立刻察覺了。

沙苗是外表相當適合穿蓬鬆洋裝，褐色頭髮的美少女，但也是個從頭頂到腳尖純度百分之百，完美無缺的宅女。

『茉莉，妳回家後也有看動畫嗎？』

「嗯，有看啊。因為最近的綜藝節目一點也不有趣，只要稍微紅了，大家都只是在小短劇上花錢，哏本身超差勁。我又不看新聞，連續劇感覺也不有趣。但最能消磨時間的還是電視。」

『妳這種就叫做我的朋友是電視。』

「哇，妳好狠喔。但是算了，我有看啦。能夠撫慰我的只有動畫了啦。」

『那麼，我們來去更療癒一番吧！』

「去哪？」

『祕密。』

沙苗小聲地笑了。

總武線與山手線的交會車站。有外國人，有上班族，有看起來很愉快的小哥。現在真的還有漂白水洗牛仔褲，有蘿莉塔出沒，女僕闊步而行，巫女正在發衛生紙。到處有背包擦身而過，T恤紮進褲子裡。外國人手拿著相機，觀光巴士就停在家電量販店旁邊。這裡是觀光與商業與萌與本能的城市。

「哇塞……是秋葉原……」

「沒錯，秋葉原！宅宅們的聖地！」

「我還不算是宅宅……雖然喜歡動畫啦……」

「那妳手機桌布是怎樣？」

沙苗抽出茉莉牛仔褲口袋中的手機打開，如水戶黃門拿出印籠般堵在她面前問她。畫面上有個藍髮少年，那是她最喜歡的戰隊動畫角色的理理亞大人。

「宅宅之道始於桌布。」

「喔，是這樣嗎？我只是剛好在網站上看到。」

「找到時很開心對吧！妳一定想著，理理亞好可愛喔，好帥氣喔，對吧？我知道妳的喜好，妳很喜歡戰隊嘛。主角、美少年、戰隊。三種神器全數到齊。好的，茉莉也是宅宅同伴了。」

「才不要，我不想要當宅宅。」

「好啦好啦，總之今天就當陪我一起玩吧。」

「沙苗，妳很常來這邊嗎？」

「這當然啊，而且我也想要買些畫材。」

「妳還在畫漫畫對吧。」

茉莉像是懷念國中時光般說著。

沙苗那時從外表來看已經是不折不扣的美少女了。隨著年齡增長，那份華麗的美貌仍健在。不在秋葉原而是去澀谷的話，應該會被瘋狂搭訕吧，茉莉心想真是太可惜了。可是很少見全身都用 Vivienne Westwood 穿搭還不會被丟石頭的女孩耶。

茉莉跟在熟門熟路走著的沙苗身邊四處張望，站前廣場有身穿女僕裝的女孩們在唱歌。在旁圍成一圈拿著相機的集團突然大喊出聲，茉莉轉過頭一看，他們似乎是在替女孩們加油。

茉莉跟在沙苗身後畏畏縮縮的，也無法掩飾不停湧上的好奇心，這一切對她來說都充滿刺激。

「茉莉不畫嗎？」

「咦？什麼？」

「畫畫啦，畫畫。妳國中和高中不是都有畫畫？我還以為妳絕對會去念美術系耶。」

「那當然是不可能啊，但我有想過，與其去念普通短大，倒不如和妳一樣去念專門學校。但再怎麼說，畫畫都不行啦。妳是有如神助就是了。」

「而這個神唯一認可的人就是妳耶。」

茉莉忍不住探頭看沙苗，沙苗有點生氣皺起眉頭。

「我很喜歡茉莉的畫喔。但我不是很喜歡妳高中時在美術社團裡畫的畫。我好喜歡妳剛轉來，我們一起畫畫時的畫。還想著將來要是成為漫畫家，我絕對要和妳一起搭檔。我一直覺得『茉莉轉學來東京是為了要和我相遇！』覺得這是命中注定。」

「哈哈……那妳早點對我說不就好了……」

茉莉揚起嘴角，沙苗看穿她似地在一邊的臉頰上扯出笑容。

「茉莉很討厭漫畫研究社對吧。」

「那……那是……」

「算了啦，都過去了，過去了。國三換班後妳突然跑到美術社團去，我那時就知道了，茉莉覺得畫漫畫很丟臉。但是，嗯，我懂。有這種想法的人不只妳一個，我自己是那種橫衝直撞，只要決定了就一路往前衝的感覺。但我很喜歡妳的畫，所以一直看著，上高中後也會去看。但妳的畫，總是感覺很無趣。」

「妳這句話好狠……」

「所以已經過去了說出來也沒關係啦，只是回憶。」

「但是心好痛……」

「儘管疼痛吧，我可是大受打擊耶。被感覺『命中注定！』的人逃跑了耶。」

「我也沒有逃跑……」

「明明就逃走了。」

在沙苗注視下，茉莉一句話也說不出口。

腦海浮現還穿著制服的時光。國一結束時從群馬鄉下轉學到東京來的茉莉，可以開心展開在陌生大都市中的生活，全因為認識了沙苗。喜歡畫畫的兩人立刻變成好朋友。

沙苗當時就是漫畫研究社的希望之星，被某「族群」當成神明般崇敬。對茉莉來說，沙苗本人就是最大的文化衝擊。

茉莉認命地低下頭。

「對不起，我逃跑了。」

「茉莉很討厭宅宅嘛。」

「與其說討厭……因為妳對漫畫投注的熱情很誇張啊。超多男生想向妳告白，可是一帶他們走進漫研的社團教室，所有人都『倒退三尺』耶。」

「啊哈哈！我那時邊畫漫畫還玩角色扮演啊。該不會是看見那個了吧？」

「看見了……看到妳戴著貓耳朵畫漫畫。雖然是很可愛啦。」

「這樣啊，我還以為那是男人的浪漫耶。」

「貓耳？」

「貓耳。」

看見茉莉「倒退三尺」，沙苗發出銀鈴般的笑聲。

「現在呢？手機已經變宅宅的茉莉覺得怎樣？」

「嗯～我可能喜歡動畫。正確來說，是看其他節目會很不耐煩。但這又會說起為什麼是動畫啊。」

「因為動畫是夢中的世界喵～但是啊，如果和妳的頻道對上了，試著好好珍惜就好了吧？也有許多人生從這裡擴展開來的可能性啊。啊，茉莉，就是這裡！」

找到大馬路旁一條小路內的住商混和大樓後，沙苗拉著茉莉的手走。管線裸露的舊大樓的狹小走廊令人不安，茉莉抓住沙苗的裙子。

隨著低聲作響的電梯上昇，沙苗露出不懷好意的笑容。可以察覺她越來越興奮。

「這裡！今天在這裡有角色扮演的活動！」

「角色扮演是怎樣？我對那種有點……」

「哎呀哎呀，凡事都要經驗一下嘛。」

「等等！沙苗！」

不理會茉莉的慘叫，沙苗把她推進大樓的一間房裡。

「沙苗，我不要啦，很恐怖！」

「妳在說什麼，沒人會吃了妳啦。」

「但是……」

「快點！這是為了讓說會痴呆的妳不要痴呆耶。」

「為什麼角色扮演可以預防痴呆啦?!」

「刺激，因為刺激！」

沙苗輕輕微笑拉著茉莉的手，身穿女僕裝和戰鬥服的接待小姐笑著說「歡迎光臨」，女僕發現沙苗後探身上前。

「那個！妳是櫻姬華小姐對不對？」

「咦？啊，對。」

「妳今天不參加嗎？」

看見女僕異常閃亮的眼神，茉莉看看沙苗又看看女僕。沙苗努力隱藏不耐煩地揚起一邊臉的笑容，點點頭說「對，是的」，女僕似乎還想說什麼，但沙苗硬把茉莉推進會場後快步離開。茉莉可以感受到後方傳來小小的興奮無法平息的氣氛。

「欸。」

「嗯？」

「櫻姬華小姐是誰？」

「是的！就是我。」

把印上英國國旗圖樣的包包高舉過頭，沙苗咧嘴一笑。彎曲身體的動作就是很可愛，不知道該從哪吐嘈起才好。不小心就想著「櫻姬華這可愛過頭的名字或許也可行吧」而原諒她了。

「妳啊，如果不是宅宅的話，不知道會有多少男生追求妳耶……」

「唉唷，二次元比男人有趣多了啊，喵！」

沙苗學貓咪半歪頭一笑，拉起茉莉的手。

「哎呀，先把我的藝名擺一邊去，茉莉，今天盡情享受角色扮演的樂趣吧！」

「沙苗也有在玩角色扮演嗎？剛剛那個女僕完全是用看偶像的眼神看妳耶。」

「話說回來，我今天是來玩的耶，別找我說話啊。所以我才討厭小孩子。」

沙苗用完全無法想像與剛剛的「喵！」是同一個人的聲音說道，拉著茉莉步入那個聖地。

每週期待的動畫中的角色，就在眼前展開的空間當中。茉莉睜大眼睛看著沙苗，沙苗如小貓般軟軟一笑。如果說國中時戴著貓耳朵繪製壯闊冒險漫畫的沙苗是第一次文化衝擊，那這就是發現新金礦等級的衝擊。

「為什麼……為什麼會在這？理理亞之類的為什麼會在這？」

「茉莉，妳清醒點，那是角色扮演。那個人不是理理亞，不是妳桌布上的少年。」

「可是簡直跟真的一樣耶！頭髮是藍的，肌膚白皙還穿著戰鬥服！力薩斯艦長也在那邊！

那個是蒂夏耶！好厲害，好像是真的禮服耶……！哇，好可愛！」

「茉莉振作點，妳的眼睛變成愛心了。」

「因為因為！這是怎樣啦！歡迎來到動畫世界？」

「正確來說是歡迎來到宅宅世界，才對吧？」

「什麼，但真的好可愛。扮蒂夏的人超級可愛，真的就是女主角的感覺。啊啊，我好想要把那個理理亞帶回家……」

「妳當聯誼啊。」

「我想聯誼，認真的。」

茉莉慷慨激昂地說完後，沙苗噴笑。

之所以會被沙苗發現自己在看電視動畫，是因為她來探病時看見放在病房裡的電視雜誌。茉莉做記號想看的節目都是動畫，聽到沙苗說：「總覺得妳關注的節目跟我差不多耶。」茉莉這才發現自己已經成為重度動畫兒童了。

「沙苗也會扮那種嗎？」

「啊——會啊，我現在很迷『十字局』，打算在下個月的活動中穿蒂夏的禮服。」

「活動？」

「角色扮演和同人誌的銷售會。茉莉也來玩啊，可以看到超越這個規模的角色扮演喔。」

「哇，我要去我要去！好厲害，真的好厲害。那是在哪裡賣啊？該不會是自己做的吧？材料要怎麼辦啊？真的好厲害喔，大家都是什麼專家嗎？」

「不，只是普通人啦。」

「真的嗎？但就跟真的衣服一樣耶，為什麼有辦法做成那樣。」

「這當然是靠對角色的愛，還有對作品的熱情啊。」

「……哇喔。」

大概是因為沙苗的這句話而找回冷靜，茉莉重新端正姿勢，她也對自己唐突的興奮感到尷尬。

「咦？姬華小姐？」

「啊～是姬華耶！」

身穿戰鬥服，戴紅色、藍色還有粉紅色假髮的人們聚集到沙苗身邊來，在動畫角色來和沙苗親密地聊天中，茉莉插不上話，重新環視整個會場。

住院時，那龐大的「閒暇」時間幾乎可說都和電視共度。連續劇、綜藝節目、新聞、動畫。茉莉網羅了大大小小的節目，但在住院時間不停延長中，只會報導殺人事件的新聞節目，以及絲毫不有趣的綜藝節目從觀看名單上消失。同年紀的人成為主角，刻板決定「這就是現代二十多歲的人」的連續劇也消失了。

只剩下動畫。只有動畫可以停留在想像中，只有動畫不會帶給她壓力。

茉莉環視會場，扮演動畫角色的玩家們在鎂光燈中笑著。《宇宙戰士 十字局》這部動畫的主角們就在這裡，唯一能讓茉莉放鬆的存在就在這裡。

看一下旁邊，被喚作姬華的沙苗和大家聊得很開心。是啊，沙苗總是看起來很開心，不管畫漫畫時還是戴上貓耳朵時。在茉莉的記憶中，沒見過沮喪的沙苗。

「茉莉，對不起，大家都是我玩角色扮演的伙伴。」

「這樣啊……」

「怎麼了嗎？啊，累了嗎？要不要回去了？我今天只是想要帶妳看看也有這樣的世界。看，也可以從不同的角度來享受動畫樂趣，鬧到都要痴呆果然太浪費了嘛。啊——但是不是太刺激了啊？」

「超刺激……我的脈搏和血壓都上升了。」

「哇，那不是糟糕了！回家回家！不行不行，健康最重要。」

被沙苗拉起手，茉莉有種輕飄飄浮起來的感覺。

「第一次的角色扮演……」

「茉莉振作點！妳不是討厭宅宅嗎？」

「感覺大家都好快樂……」

「啊啊真是的，妳是不是還活著啊。」

「有點像在作夢。」

感覺像墜入情海的那一瞬間。

走出會場回到秋葉原的大馬路上時，茉莉仍舊感覺輕飄飄的。沙苗拉著茉莉走進比較不刺激的速食店，買烏龍茶給她喝。

「太刺激了？」

沙苗有點反省地搔搔臉頰問茉莉，坐在窗邊的她用還沒回神的腦袋笑著說「非常刺激」。

「茉莉，總之先補充點水分。」

「啊，好。啊，那我順便吃藥吧。」

「咦？等等！得先吃點東西，我去買薯條。」

「啊，嗯，拜託妳了。啊，但是不行，我不能吃太鹹的東西……」

「那……我去看看有沒有沙拉之類的。」

沙苗轉頭朝櫃檯跑去，茉莉看著她的背影回想起認識當時的事情。

沙苗雖然可愛卻是個動畫宅，所以班上女生都離她遠遠的，但她是第一個好好和剛轉學孤單一人的茉莉說話的人。當然也有其他同學來找茉莉說話，但大家都只問她問題，沒什麼人願意說自己的事情。向大家自我介紹一輪之後，人潮也逐漸散去。就在茉莉焦急地想快點融入大家時，湊過頭來看她隨手在筆記本上畫的塗鴉的沙苗語調開朗地對她說：「高林同學妳畫得好棒！妳喜歡畫畫嗎？我叫藤崎沙苗，請多指教。」

從那時起就沒變過，沙苗看似什麼也沒看，其實觀察入微。

旁人總是容易看見她對動畫過剩的熱情，但沙苗不會坐視有困難的人不管，也很注意周遭的人。

吃了一點沙苗買來的沙拉後拿出藥盒，紅、白、黃色的藥丸一顆接一顆擺上掌心，數量高達十顆。一開始只有擴張肺臟血管的藥，在傷胃後多了胃藥，接著又變得容易貧血而追加鐵劑和維他命，開始對心臟造成負擔後又加入減輕負擔的藥。身體就跟骨牌效應一樣，各個部位接連變糟。

「妳的藥……又變多了。」

沒想到沙苗會說出這句話，茉莉嚇得盯著沙苗看。

緊瞪著茉莉手邊看的沙苗，彷彿突然驚醒，拿叉子叉起茉莉剩下的沙拉。

「會累要乖乖說喔，要是妳身體不舒服可就本末倒置了。我如果太入迷就會不小心拉著妳到處跑，所以希望妳要老實說。妳不太喜歡說自己的事，是那種覺得不可以打斷熱烈氣氛的人，但妳可以對我直說。或許妳會覺得我很強迫妳接受啦……」

明明沒做什麼壞事，沙苗卻露出小孩子被罵的表情咀嚼沙拉。

這份溫暖的溫柔一點一滴沁入茉莉心中。「我叫藤崎沙苗，請多指教。」笑著向她搭話的沙苗……茉莉回想起國中抬頭看見那張笑臉時的安心感。

結果當時因為跟不上沙苗對動畫的熱情而遠離她，但茉莉打從心底一直、一直都好喜歡沙苗。

因為不想讓她擔心，因為不想把她捲進她沒必要知道的事情當中，所以茉莉一直沒對她說過疾病的事情，但就相信沙苗吧。別害怕敞開自己的心胸吧。如此一來，肯定能比國中時更加要好。

茉莉老實接納了沙苗的話，沙苗看見之後害臊地靦腆而笑。

「哇……角色扮演好厲害喔，嚇我一大跳。總覺得好厲害。高中時家政課不是有次要做洋裝嗎？我想起來當時玩得很開心呢。」

「啊，茉莉的手很巧嘛。我有看到妳的作品被展示在走廊上喔，我記得上面有很可愛的緞帶對吧。」

「嗯，沙苗的是有荷葉邊和一大堆刺繡的對吧。那個好驚人，大家都說那是蘿莉塔裝，女生們都一臉想穿看看的表情。」

茉莉回想起當時笑了。

「茉莉也想要穿看看嗎？」

「咦？嗯，曾經有過憧憬啦。粉紅色輕飄飄的衣服。妳都能做出那種衣服，妳的手也很巧啊。」

「也可以說是因為做出來了，才對角色扮演覺醒了啦。」

「是喔，真好，看起來好愉快。感覺也交到很多朋友，真好，感覺真開心。」

茉莉邊喝烏龍茶邊用手撐下巴，彷彿回想起剛剛看見的光景微笑著。看在沙苗眼中，感覺這是她睽違已久露出的笑容，所以忍不住探出身子。

「茉莉也一起玩吧。」

「什麼？」

「茉莉也能辦到，因為每個人都辦得到啊。喜歡十字局就辦得到。覺得理理亞好帥氣就辦得到。很有趣喔。」

沙苗連珠炮似地說完後，兩人對看了一會兒。

一陣子後，茉莉突然輕笑：

「宅宅之道始於桌布，對吧。」

沙苗興奮地拿紙杯乾杯，茉莉也好久沒有揚聲大笑了。

從「宅宅之道始於桌布」開始，瀏覽器的我的最愛列表，購買DVD播放器，買了新的裁縫機，茉莉逐步準備好身邊環境，這個過程非常愉快。比起漫無目的買衣服，比起勉強自己搜刮流行雜誌上的衣服還要更加、更加開心。把錢花在興趣上爽快且充滿快感。

茉莉八月一日滿二十三歲了。彷彿想填補在醫院裡那只有絕望的兩年歲月，彷彿趕時間活著，她一天比一天還投入在找到光輝燦爛的世界中。

沙苗口中的活動，是在前幾天無可比擬的大型複合式娛樂設施類的會場中舉辦。沙苗說她會做角色扮演的打扮在那邊販賣自己畫的同人誌。茉莉打從走進會場後，就張大嘴巴不停轉頭四處張望。

「我第一次參加時，也和現在的茉莉相同表情。」

「沙苗是什麼時候開始參加活動？」

「國三吧，但高中後才開始賣同人誌。」

「好厲害……」

「叫我師父。」

「是的，師父！」

就在茉莉感到佩服時，聽到有人喊沙苗。

「姬華小姐！」

「啊，讓妳久等了。」

「早安！快看快看～我昨天做好的。」

完全化身為動漫角色的角色扮演玩家們聚集到沙苗身邊，茉莉有點畏縮也興奮地轉動視線看著他們，脈搏又撲通撲通不停上升。

「姬華早安！」

如此喊著跑過來的藍髮姐姐，是茉莉最愛的角色理理亞。旁邊還有戰艦的艦長、女主角等人，茉莉的眼神閃閃發亮。

「姬華，這女生是妳朋友？」

「啊，嗯，她是茉莉，她超喜歡理理亞。」

「啊……是的。」

茉莉點點頭。

「理理亞迷啊？哇，好開心，我也是！」

「理理亞很帥啊。」

「上週真的超棒的。」

「對！真的好帥！」

用著不輸給姐姐們氣勢的音量大聲說完後，那個瞬間，茉莉產生「我被接納了」的感覺。

「姬華，妳要去更衣室吧？茉莉，和我們一起過來吧。」

「啊，好。」

「妳不用這麼緊張啦！妳是姬華的同學對吧？和我們幾乎差不多，身為深愛理理亞的人，好好相處吧。」

藍髮大姐姐一笑，彷彿畫面那頭的理理亞正對著自己微笑，茉莉幾乎要昏倒。

「各位，茉莉就麻煩大家了。」

「好。茉莉，妳別擔心，妳只要坐著就好了。」

「謝謝……」

挑高寬敞的會場中，滿滿的桌子擠得水洩不通，四處都有忙碌的人到處走動。

「茉莉，妳是第一次參加活動對吧。」

「嗯，所以我又更搞不清楚方向……」

「我和姬華都有畫同人誌。」

「沙……姬華很厲害嗎？」

茉莉跟在彷彿完全迷失在花海中般雀躍不已的女主角以及艦長身後，開口問理理亞姐姐。

「這妳看就知道了，姬華同人誌的資歷很長，她的畫真的很棒。」

「月野也很厲害啊。」

女主角擺動她輕飄飄的禮服笑著說。理理亞姐姐要呆呆看著這一幕的茉莉在摺疊椅上坐下。

「哎呀，活動就是能樂在其中最重要啦。玩角色扮演、買同人誌、賣同人誌？只要做自己喜歡的事就好了。」

「我懂那個，那很重要呢！」

「嗯嗯很重要！啊，對了，聽說茉莉也很會畫畫。姬華說的，妳不畫嗎？」

「才、才沒有！我已經好幾年沒畫畫了。」

「這樣啊，但我也是一樣。在遇到十字局之前，也有一段很長的空窗期，但迷上了就會變成最大贏家的感覺？同人果然很有趣，也沒辦法放棄角色扮演啊。」

「妳好厲害，完美重現理理亞的軍服。」

「謝謝妳，妳真是個好孩子呢。」

月野說完後緊緊擁抱茉莉，用力摸她的頭。現在的外表是理理亞，但她脫下軍服後，應該是個上圍偉大，很會照顧人的尋常上班族吧。尋常上班族，和尋常只剩十年可活的人轉眼間變好朋友，茉莉心想這或許就是宅宅魂吧。

「好，茉莉下次也玩角色扮演吧。我替妳做衣服！」

「什麼！真的嗎？」

「包在我身上！我對妳說過謊嗎？」

說出主角的必殺臺詞又讓茉莉差點昏倒，月野緊緊抱住茉莉開心大笑。

活動一開始，她們面前立刻大排長龍，同人誌超級熱賣。茉莉從旁看著身穿女主角服裝的沙苗，活力充沛滿臉笑容應對的模樣。

似乎總是在這個位置，國中時也是在旁邊看著沙苗這樣笑著。不管畫畫還是看漫畫，身邊的沙苗總是看起來樂在其中。遠離沙苗後交到的好朋友，也是著迷於追逐偶像或運動選手。每個人只要迷上什麼，為了這個做些什麼，就讓人感覺看起來相當開心。在茉莉的人生中，足以改變自己讓她覺得世界相當燦爛的什麼，到底是什麼呢？

她從小就喜歡畫畫，也可說相當擅長。但加入美術社團後，社團老師既沒有提議替她寫美術大學的推薦函，也沒希望她可以成為社長。

腦袋角落響起醫生宣告她只剩十年可活的聲音。

如果維持先前的生活，肯定是個在無趣中死亡的人生吧。一想到自己的人生可能就結束在坐在卡拉ＯＫ包厢沙發上說著「沒什麼有趣的事情嗎？」的那時，茉莉皺起臉搖搖頭。更別說待在白色牆壁包圍中的床上度過了，她更不想。

在茉莉發呆時，突然有人拉起她的手，她回過神來。

「茉莉，走吧。」

「咦？去哪？」

「屋頂啊，那邊有角色扮演玩家群聚的空間！」

「茉莉，走吧！」

不知何時，大排長龍的人龍和堆積如山的書全都消失了。有種再次重新體認，從不四處張望，只是一逕在宅宅大道上勇往直行的沙苗實力有多堅強。她肯定從來不曾叼著吸管說「沒什麼有趣的事情嗎？」吧。

茉莉被沙苗拉起身，折疊椅匡啷動了一下。

「茉莉，妳又會被嚇到心跳加速喔。」

沙苗轉過頭來笑道。茉莉不自在回應的同時，早已心跳加速了。試著用力握沙苗的手，沙苗又轉過頭來對著她微笑並用力回握。

邊追在朝光亮處奔跑的她們身後，茉莉無法停止心中悸動。和第一次喜歡上一個人的瞬間相同，靜悄悄湧上的興奮被身體吸收。

「沒什麼有趣的事情嗎？」

穿出光亮那頭的瞬間，茉莉品嘗到如第一次呼吸般的解放感。

感覺終於找到專屬於自己的解放區了。

開心就是這樣一回事。做想做之事的感覺。不隨任何人起舞的感觸。
單純到令人想笑。但笑非常重要。笑絕對必要。開心就是人生的基礎。
開心過人生的人才是最大贏家！

4

震撼人心的活動過後三個月。

這三個月簡直就是自我革新期。跳過過程直說結果，茉莉又重新握起畫筆了。茉莉的靈魂被角色扮演撼動，而無法忘記茉莉的畫的沙苗，又讓她重拾畫筆。

「我不想要那麼認真畫畫耶。」

「哎呀，試著畫一張看看嘛，及格我就讓妳當我的助手。那樣一來隨時都是趕稿地獄，絕對不會痴呆。」

不滿足於講電話而開始來去彼此家裡後，沙苗帶著原稿用紙來到茉莉的房間。

「我也跟妳一起畫。」

「沙苗是漫畫家嗎？夢想實現了，之類的？」

「啥？才不是漫畫家，我只是微不足道的同人作家。哎呀，生活還過得去也沒去工作就是了。」

「阿姨不會罵妳嗎？已經公認妳是宅宅了？」

「嗯～媽咪不太會說那種事情耶。與其說公認倒不如說是放任？話說回來，她應該算沉浸在自己的興趣中根本不想管我吧。」

「興趣？文化教室之類的嗎？」

「對，草裙舞跟和菓子教室，還有游泳和騎馬。好像偶爾還會去玩壁球。」

「哇～喔，真厲害。」

沙苗有點厭煩地苦笑。

「但我爹地超可憐，老是被她拋下。妳爸媽會一起去爬山對吧？感覺國中聽妳說過，現在也還會去嗎？所以才會這樣吧，姐姐取名桔梗，茉莉就是茉莉花，感覺好浪漫～喔。」

「最近比較少……因為，我不能去嘛。」

「啊……這樣啊……」

「也有問過醫生，爬山在我家有種家庭活動的感覺，但醫生說我不可以激烈運動。」

這次輪到茉莉苦笑。這是個只能笑著說的話題。

「這樣啊，那妳去參加活動沒問題嗎？我上次拉著妳四處跑，不會不舒服嗎？」

「那樣還好，但我完全沒辦法幫忙收拾書、幫忙搬行李真的很對不起，從頭到尾都派不上用場。」

「才沒那回事，光有妳在身邊就讓我很開心。別擔心，我是個超級大力士。」

「手臂這麼細耶？」

「我只有臂力、握力和肺活量是班上第一，明明就是個室內派的。」

沙苗啊哈哈一笑，茉莉也跟著笑。

就這樣畫筆慢慢開始刷動。茉莉邊想著國中以來就沒畫過漫畫了吧，開始臨摹堆在旁邊的DVD封面。不用說，沙苗當然對那張畫歡聲雷動。隔天收到沙苗來信，她把這張畫用電腦著色並上傳到自己的網站。

「沙苗有那麼強勢嗎……？說強勢，那倒不如說是我行我素吧。」

看著滿滿愛心符號的訊息，茉莉開啟網路。邊看著電腦畫面中藍髮少年的桌布，邊苦笑著打開沙苗的網站，沙苗充滿透明感的用色讓自己的畫變了一個模樣。

這件事用力推動了茉莉的心，而另一件撼動她的，就是寫在網站內留言板上的留言。雖然只是很單純的誇獎，但陌生人給的一句話份量十足。

原本自己只是網路的觀眾，但那個瞬間，茉莉有種被拉進去的感覺，那又是「被接納了」的感覺。

就這樣，茉莉彷彿被身邊的人拱上臺一般拿起畫筆畫畫。

出院後無處可去的茉莉，感覺終於找到自己的容身之處了。

茉莉轉眼間就投入那個讓她回想起「被接納了」的感觸之地，開始常客串在沙苗的同人誌上放上幾頁自己的漫畫，一轉眼又到了新的一年。

「茉莉也差不多該試著自己畫一本了吧。」在沙苗和月野提議下，茉莉在這年春天，第一次獨立完成一本同人誌。

在她久違握起畫筆時，感受到一種不可思議的感覺。一開始作畫就活力湧現，腦袋清晰，吃起東西也覺得美味。自從發病後身體總有哪裡不舒服，思緒老是蒙上一層消極濃霧，嚴格遵守水分限制與鹽分限制後，所有食物都淡而無味。

這些都在她開始作畫後一掃而空。感覺彷彿回到發病前的自己，所以茉莉沉迷於作畫中。她有滿腦子的點子，而且時間也多得用不完。

揮動畫筆時的興奮讓她對自己有所期待，見到完成的原稿時沉浸在至高無上的陶醉感中。幾乎廢寢忘食專注作畫，在告一個段落回過神時感受的健康空腹感，讓她回想起身體因渴望而進食的食物美味的快感。只有在作畫時，她的身心可以忘了疾病。

在完成的漫畫印好後，迫不及待看見她的同人誌的沙苗和月野大聲歡呼。

「茉莉，妳這個漫畫絕對會暢銷！」

「真的嗎？」

「嗯，難以想像妳是第一次畫！不只畫工，連分鏡安排也很棒。」

「這部分是姫華教我的……我也有參考月野的同人誌喔。」

「哎呀～但真的有夠厲害，真不愧是姬華想要拉來當搭檔的人。」

興奮說著的月野眼光果真不差，茉莉畫的同人誌在第一次的活動中，雖然平靜也確實送到許多人手上。而在她第三次參加活動時，不知不覺就賣光了。

就這樣，茉莉成為活動常客，還開設了插畫網站，茉莉得到了容身之處，而那裡確實與世界相連。

早上從確認郵件開啟一天，閱讀喜歡網站上的插畫及角色扮演照片的人寄來的感想郵件後回信。接著畫要上傳的插畫草圖或上色。即使只是坐在電腦前，一動腦就會肚子餓，所以她也開始好好吃午餐。桔梗說茉莉每天要煮午餐太辛苦了，所以在準備自己和父親的便當時，也會準備她的份。中午好好吃完桔梗做的營養均衡的便當。最近重新體認到，餓肚子時吃的餐點比什麼都還要美味。住院時不管肚子會不會餓，都會在固定時間送餐來。原本就淡而無味稱不上好吃的餐點總是相當乏味。

下午努力製作下次活動要穿的服裝。母親得知她常常用縫紉機後，也開始拜託她幫忙改短裙子，或是重新改造不穿的外套。當她配合母親的喜好縫製後，母親相當開心。說「謝謝」明明該是茉莉的專利，卻輪到母親對茉莉說：「茉莉謝謝妳，我下次同學會就穿這個去。」看見母親如此雀躍的笑容果然令人開心。

傍晚時準備家人的晚餐，告一個段落後開始畫漫畫。規律重複的日常生活，也是確實決定好該做之事的日常生活。茉莉早上起床後不再想著「今天該做什麼呢？」原本空白的日常現在充滿色彩。

在那之後又過了一年。

「茉莉越畫越好了耶。」

「真的嗎？謝謝妳！」

「如果妳願意的話，妳要不要畫畫看原創故事？我的責編看到妳的畫，似乎對妳有點興趣。」

也有畫原創漫畫的月野邊喝可樂邊說，坐她面前的茉莉傻了。同人作家中有許多半專業的人，也有跟月野一樣出版原創漫畫的專業漫畫家。

「原創？」

「嗯~但小月，原創漫畫應該還很有難度吧？」

「實力堅強隨時都能出道的人別說這種話！」

月野反駁沙苗，沙苗不開心地咬吸管往後傾。月野取而代之往前探出上半身，幾乎可從針織衫領口看見她的胸部了。

「要不要試試看？我覺得妳應該辦得到。」

「原創……是要我當漫畫家嗎……？」

「嗯～這個嘛，都是靠著漫畫過生活。還滿多同人作家變成暢銷漫畫家喔，億萬富翁也不是夢。」

「那真的是夢。」

沙苗一潑冷水，月野也笑著說「我太誇大了」。

「啊──好，我稍微想一下。」

「那妳分鏡稿（漫畫的草稿）畫好後給我看喔，好不好？」

「月野是畫少女漫畫對吧？只要畫一般高中生之類的戀愛就好了嗎？」

「嗯～現在不能一般啦，現在的小鬼頭已經無法滿足於一般了。」

「沒錯沒錯，我們那時最多只有親親，現在都直接上床了啊，一般來說。」

「是喔。」

「但如果真的能出道，可是很厲害耶。」

月野的這句話，讓茉莉緊抓胸口。

「但我覺得責編好煩，我還是最喜歡可以想畫什麼就畫什麼～那會搞壞身體喔。」

「也會搞壞心靈。」

「沙苗也畫過嗎？」

「嗯～算有點接觸。果然還是會想要出版單行本嘛，我當時同人誌闖出名聲有點志得意滿時接觸過，但專業創作的東西果然很嚴苛，要求一大堆。茉莉就放鬆肩膀力量，用『總之試試看』的心態去做吧。妳要是搞壞身體可不是開玩笑的耶。」

「好～。」

雖然乖巧地回應，但大大寫上「出道」的紙張已經貼在面前了。和兩人分別後繞去二手書店買了一大堆可用的少女漫畫，還買了高中生在看的流行雜誌當作畫參考。高中生作家創作的，曾一度變成學生聖典的戀愛小說，告白成功十密技，女人要被愛的二十個條件，桃花開不完必勝法！連封面寫上這些宣傳標語的戀愛指南書也買回家了。

她已經二十四歲了，正值勞動期的女人老是悶在家裡真的好嗎？每天看著出門上班的姐姐都讓她無比焦慮。

當她待在房裡時，傳來敲門聲。

「請進。」

「茉莉妳在幹嘛？咦？今天不是用電腦啊？」

姐姐桔梗走進來。剛洗完澡的她沒有化妝，但姐姐總是很美。

大概是看慣美術社團的茉莉畫畫的模樣吧，不管畫筆變成了「墨水筆」，畫布變成了漫畫原稿用紙或是電腦畫面，姐姐對這方面都不是很了解。喜愛戶外活動的家人們都不太理解宅宅的世界。

「哇啊，現在的漫畫好可愛喔。」

「對吧，大家的畫工好強。」

「茉莉也畫這種畫嗎？妳不是會用電腦上色嗎？妳從以前就很擅長這類插畫嘛。」

「是嗎？」

「妳忘記啦？畢業紀念冊班級介紹上畫的畫，妳畫得超棒的耶，班導的臉也超像。」

「什麼時候的？」

「小學。」

「妳也記得太清楚了吧。」

茉莉也只能對著想起過去笑出聲的桔梗苦笑。

「但我覺得，妳可以找到讓自己熱衷的事情很棒。還畫油畫嗎？靜物畫之類的呢？」

「嗯～有興致再說吧。開始用電腦上色後，都忘記畫筆的觸感了。」

「是這樣嗎？但妳果然是藝術家。媽媽說妳裁縫也很棒，做菜也做得很棒喔。今天的關東煮也很好吃。」

「謝謝妳，想點菜再跟我說喔。」

「這個嘛……啊，最近開始變冷了，妳別太常去超市之類的。醫生說別去人太多的地方，要是被傳染感冒就糟了。」

「……超市那還不算人潮耶。」

茉莉維持著嘴角笑容垂下雙眉。但桔梗相當認真地重複叮嚀她不能去。

「浴室空了換妳去洗，好好暖暖身體喔。」

「嗯，謝謝妳。」

桔梗走出房間。茉莉看著關上的房門一會兒後，低頭看腳邊堆積如山的少女漫畫。如果有辦法畫出原創漫畫，說不定就能自己賺錢。這樣一來，桔梗也會替她開心，雙親也會誇獎她很厲害吧。

茉莉在桌前坐下，彷彿被誰追趕般地動筆。

就這樣，在年關將近之時，月野帶著茉莉前往出版社。月野把自己的責編介紹給茉莉，年齡和茉莉差不多的編輯爽快接下茉莉的原稿。

月野大概很清楚繪製原創作品的辛勞，離開出版社後慰勞了茉莉一番。

「哎呀～辛苦妳了！」

「也辛苦妳了。」

「話說回來，茉莉，對不起喔，我說了要幫妳看分鏡，卻沒太多時間可以好好給妳建議。」

「請別在意，妳要截稿了也很辛苦啊。而且妳給我的建議，有種『不愧是專業』的感覺，給我很多參考喔。」

「真的嗎？聽到妳這樣說真是太好了。」

月野走進咖啡廳脫下大衣後，仍舊可以從寬大的毛衣衣領看見她深邃的乳溝，她直爽笑著說：

「但是啊，茉莉妳真的很努力呢。」

「有嗎……」

「嗯。比起那個，妳的身體還好嗎？沒有一直熬夜勉強自己吧？」

「沒事，我很閒啊。啊，但有點日夜顛倒了吧。」

「那從今天起要好好睡覺！要不然就沒辦法盡情享受下一次活動了。」

「好～」

月野知道茉莉生病，所以會特別關心她，也會很自然伸出援手。茉莉非常喜歡月野，比起從學生時代起認識多年的朋友，茉莉更喜歡連本名都不太清楚的她。

回想起學生時代的朋友，茉莉心中總會閃過一股陰鬱。

「**茉莉，要加油喔**。」

善良的朋友們如此鼓勵她。但是，她們有做什麼讓茉莉打起精神來嗎？茉莉從她們身上得到的只有探病時的花束、蛋糕，以及挫敗感。而那逐漸變成徒勞感，最後墮落為女人獨有的嫉妒。

她確實非常喜歡朋友們，那是共同度過短大時代的同伴，也是理所當然的。

但是，成為病患的只有茉莉一個。

在病房中反覆聽她們聊旅行、百貨公司特賣、新開的時髦咖啡廳、男朋友好冷淡之類的，這些話題從邊角逐步染黑茉莉的心。嫉妒如蛇爬過身體，接著一點一滴束縛心靈。每當被束緊時，茉莉幾乎都要大喊出聲。

在幾乎令人窒息的嫉妒平息後，絕對會陷入自我厭惡。疾病就常在此時發作，每次發作她都想著拜託就這樣殺了她吧。想死，不是在醫生宣告得病時，而是無法忍受自己逐漸變髒之時。

「茉莉。」

「嗯？」

「……希望可以有好結果。」

月野撐著下巴，邊拿吸管攪拌紅茶蘇打邊對著茉莉笑。

茉莉覺得這人真是個好人，溫柔、溫暖又會照顧人。茉莉在她身上感受到友情。

過完年，日常逐漸恢復平靜時，編輯打手機聯絡茉莉。電話雖短，但說話爽朗的他，漂亮地使用正確的日文表示茉莉畫的漫畫在市場上行不通。

茉莉邊用同樣爽朗的語調回答，心想「漂亮的日文還真是繞一大圈才會講到核心的東西耶」。

掛斷電話後理解了，自己的漫畫不只畫沒有個性，故事內容也隨處可見，簡單來說就是一點也不有趣。拉升到極限的期待瞬間被打落，無情地被擊垮了。

想著「我的人生充滿了挫折啊」撲進抱枕堆中，大滴淚珠自然而然湧出眼眶，被擊垮的期待轉變為絕望。

茉莉最想聽到的是第三者對她說：「妳沒有問題。」不是家人也不是朋友，而是確實與社會連結的第三者。

希望他可以說著「妳沒有問題」，拉著她前往另一邊。

她想要的，是可以在社會上抬頭挺胸大喊「我就在這裡」的地方，不是只在路旁眺望車流，而是可以走到路上去。即使只有一次也好，她好想要成為其中一員。

發現自己拿脫離正道的心情與愚蠢的虛榮畫漫畫時，無法停止哭泣。

我就在這裡，明明確實就在這裡啊。

無可忍耐地抓起一顆抱枕亂丟，桌上的空寶特瓶發出空虛的聲音掉在地上。

隔天，茉莉邊哭邊撕毀以速件寄回的原稿。拿東西出氣無法解決任何問題，垃圾散亂一地的房間讓她心裡更加空虛。

曾經說過才不想要和別人一樣，但現在如果不和大家一樣就感到無比不安。如果不同就想要變得更強大。想成為可以大大方方走在和大家不同道路上的人。

好想變強。

好想變強。

好想變得鐵石心腸般強大。

5

茉莉彷彿得了燃燒殆盡症候群，突然不拿畫筆了。

看動畫也心不在焉，食物再度變得食之無味，早上起床呆呆想著今天要做什麼，要是想不到就會一直賴在被窩裡貪睡。沙漏中的沙子確實不停掉落，但她只是懶散地浪費每一天。

進入黃金週假期，難得收到短大時代朋友的訊息，邀她一起去喝酒聚餐。朋友中第一個結婚的美彌和她老公一起開了居酒屋，所以朋友們要聚一聚。

走進統一成懷舊美式風格的店內，聚集在店內一角，相當熟悉的她們舉高雙手迎接茉莉。

「茉莉！過得還好嗎？」

市松紋地板，紫色壁紙，白色桌子搭配色彩繽紛的壓克力椅，這個室內擺設讓她想起過去曾看過的怪奇美國電影的世界。邊想著在這裡會讓人喪失食欲吧，邊把桔梗替她準備的高級巧克力，拿給只長身高不長肉的美彌老公，接著走進大家的圈子裡。那些是在結婚典禮上，逮到別人丈夫說：「嗯～這是現在正流行的醜到可愛？」後大爆笑的傢伙。

「茉莉，好久不見！」

「好久不見了，好想妳們喔。」

「我也是！」

「對不起喔，不太能去找妳玩。工作結束後才邀妳又會太晚，妳爸會擔心吧？」

「才沒那回事，他們還挺放任我的。」

有人拜託妳來找我玩了嗎？妳當我是小孩啊！茉莉在心中口吐惡言。

「茉莉要喝什麼？啊，妳不能喝酒對吧。」

「哎呀，但看到茉莉恢復健康真是太好了。」

「茉莉，多吃一點喔！阿亮做的菜會讓人打起精神來～」

「謝謝。」

不，在那之前會因為這個裝潢喪失食欲。雖然知道不關她的事，還是想著換成普通壁紙比較好吧。

「美彌，阿亮，恭喜你們開店！」

圓桌上擺著雞尾酒和烏龍茶。水藍色、紅色、金黃色、褐色的杯子互相敲擊。華麗的顏色、纖細杯子的風格和身上的服裝完全相同。最近沒看流行雜誌的自己的服裝，跟褐色土氣的圓柱狀杯子相同，毫無女人味。

乾完杯料理都上桌後，接著就是報告近況。以現在仍混在一起的奈緒和沙織為中心聊天。

公司、男友、工作、料理、男友、雞尾酒、阿亮這真好吃～，這些對話如同快要變成奶油的老虎[1]不停繞來繞去。茉莉的腦袋已經變成奶油，融成一團且開始燒焦，誘人食欲的香氣消失，轉變為刺鼻的黑色氣味。

公司和男友的話題，茉莉都插不上嘴。為了掩飾自己無事可做而夾取的料理，每道都很油膩對身體不好，得限制鹽分攝取的茉莉不可以吃太多。第三杯烏龍茶讓她因為空調變冷的身體更加冰冷，但她沒有放下。

明顯感覺自己與社會間的位置關係，隔壁人家的草皮看起來無比青翠，幾乎覺得那是黃金草原。

「茉莉每天在幹嘛啊？」

酒意開始發酵時，奈緒如此問，頓時眾人目光全聚在茉莉身上，她嚇了一跳。

「醫院呢？」

「嗯，兩個月回診一次。」

「看妳狀況不錯真是太好了。」

「嗯，現在很安定。」

「真的太好了，茉莉可以恢復健康太好了。」

1　出自於英國兒童故事書《小黑人桑波》，故事內容中四隻老虎繞著椰子樹互相追逐，後一隻老虎咬著前一隻的尾巴，越轉越快，最終化成奶油。

她們知道茉莉狀況最糟時的模樣，茉莉回想起以前美彌曾說過：「我還是第一次進加護病房耶。」

「真的太好了，總之就算只能這樣稍微出門一下也讓人高興。」

「我也這樣覺得，我果然還是不喜歡茉莉沒精神的樣子。」

「茉莉就得是祭典小孩[2]才行啊，入學典禮的迎新讓人印象太深刻了。」

「沒錯沒錯！大家都扭扭捏捏的，只有茉莉一個不停夾菜，然後和每個人打招呼。」

「是這樣嗎？」

「就是啊，最後還說著『我要唱卡拉ＯＫ！』然後突然就在舞臺上跳起近畿小子。」

「而且還完美重現舞步～」

「別說我了，奈緒和沙織還不是熱情高唱濱崎步嗎？」

「當時真年輕。」

「很年輕，大家都好年輕。」

大家齊聲歡笑，端來料理的美彌說：

「但在那個迎新中，我心想我絕對要和茉莉當朋友，要是和她在一起肯定很開心。」

「啊～我也這樣想，當時馬上邀她去唱卡拉ＯＫ了。」

2　茉莉與祭典的日文同為「Matsuri」。

「確實有去卡拉ＯＫ，最後變成二十四小時持久戰一樣。其他還有很多人來，那真的超開心的。」

「對啊，真的只要和茉莉在一起就不無聊。」

「所以啊，嗯，沒辦法和茉莉一起畢業真的很難過。但妳可以恢復健康真是太好了，真的太好了。」

沙織的話讓大家深有同感點點頭，各自開始回憶當時。

回想起身體到處插滿管線、連結機器，好不容易才有辦法活下來的那時，現在光可以待在這裡就是種幸福了吧。就算她們過著耀眼的日常生活，又能對此提出什麼異議呢？

自己為什麼只能這樣欣羨別人呢？茉莉又陷入自我厭惡中喝了一口烏龍茶。冰冷的烏龍茶慢慢在身體裡滲開。

「謝謝大家。」

努力扯開笑容。在被大家的溫柔填滿之時，也發現自己的汙穢。

當時豪不畏懼找所有人聊天的自己已經不存在，既沒有勇氣也沒有精神率先帶頭炒熱氣氛，心中又出現了一個巨大的黑色汙點。

「對了對了，說到卡拉ＯＫ，前陣子上司邀我去唱，真的糟透了。二重唱是什麼啊的感覺？不覺得我可以告他性騷擾嗎？」

「啊啊，有那種人，就硬是想要和我們互相理解的大叔，有夠煩。」

「這種時候就來這裡喝吧，我會準備烈一點的酒，還有也帶妳們男友來啊。」

「嗯嗯，會來會來，他絕對會很開心。我三不五時來捧場一下。」

「我要帶公司的前輩來，我很想追他，美彌，拜託妳準備些好吃的喔。」

「了解！」

茉莉又對這自己無法插話的對話，緊握自己空虛擺在腿上的雙手。

傳送只寫上「今天晚上多謝招待，我過得很開心喔。」等文字的訊息給美彌後，接到她的來電。美彌問著『料理好吃嗎？身體狀況如何？』等和分別時相同的問題，茉莉也回以分別時相同的答案。

『然後啊，我也跟阿亮說了一下，改天三個人一起喝一杯好嗎？』

「咦？嗯，可以啊……」

『阿亮說想要介紹一個人給妳認識，所以想說說這件事。』

身體有一瞬間被喧囂的期待包裹，這是自己仍是個女人的證據嗎？與之同時，腦海中浮現禮子的丈夫站在病房走廊上哭泣的畫面。

「但是……算了啦。」

『茉莉，不可以。我們不會強迫你們見面啦，總之一起喝個酒吧。』

『來喝啦來喝啦！茉莉，陪陪我們嘛～』

電話那頭傳來阿亮的聲音，茉莉只好無奈答應。

住院那時，茉莉感覺自己大概再也不會喜歡上任何人了吧。有人會愛上十年後會死的女人嗎？如果有人理解這點還愛上她，光想像自己要拋下對方離開就讓茉莉顫慄。這也表示茉莉將會害怕死亡。

掛斷電話後，心中的鐘擺在未知的戀愛與明確的現實間擺盪。想著都還沒戀愛就想這些也太蠢了，又在「不可以戀愛」與「想要談戀愛」間擺盪。

茉莉現在不怕死。

雖然有讓她樂在其中的事情，但心靈的富足總是不安定，她老是裝作沒看見地逃避核心。如果死是與這種狀況訣別的必要手段，她也覺得沒有關係。讓家人難過當然痛心，會被說也說不盡的罪惡感苛責。即使如此，與社會脫節的感覺讓她感到無比不自在。

絕對不談戀愛。要是期待幸福，豈不表示現在的自己很不幸。

即使如此，鐘擺還是不停搖擺。在不和諧音色的耳邊，戀愛這個音色聽起來特別清澈。

感覺生病前的自己看起來特別耀眼，回憶中的我似乎無所不能。

明明其實只是個膽小鬼。因為害怕被拿來和桔梗比較，就在演繹不同角色中選擇受歡迎的人設。所以我就是個祭典小孩，和賢淑的桔梗完全相反的愛熱鬧。就算傷心也會笑，就算不甘心也會笑，就連只剩十年生命我也大笑以對。

我知道我無法與神明相抗衡。

欣羨別人跟個蠢蛋一樣。

那麼，果然還是只能笑了吧。

6

夏季的活動結束時，再次接到美彌的聯絡。

努力完成在夏季的活動上銷售的同人誌，也開心享受角色扮演一番。但美彌說的話像根小刺總是在哪扎著，就跟眼角餘光看見的東西一樣令人在意。

茉莉二十五歲了。她在二十歲發病所以只剩五年，茉莉思考著自己生命的期限。只剩五年。這短的不足以開始新事物，卻也長的還不需要結束什麼事情。

在美彌他們開的店公休那晚，約在阿亮推薦的酒吧見面。

「茉莉，對不起喔。才剛開幕還很多事情不適應，忙到我昏天暗地。」

「我隨時都沒關係啦。」

「我說了那種話，妳肯定一直很在意吧。阿亮和我一直掛在心上，想著妳應該在等，得快點才行。」

這是一家燈光昏暗，不停播放黑人饒舌音樂的店。才見面就聽到令人不快的話，但茉莉當耳邊風般拿起送上桌的飲料乾杯。

為了不讓自己對已婚的美彌感到自卑而買了新衣服，今年夏天流行的蕾絲細肩帶上衣和細高跟涼鞋。手指和腳趾都仔細上了指甲油，把頭髮漂亮燙捲，化妝時也選了有夏日風情的珍珠色眼影。

離開家門時確實是完美無缺的啊，但搭上電車、走過街道、見到美彌的那一瞬間全都褪色了。

不停聽她說店裡的事情還有她和老公認識的事情。當茉莉開始對美彌毫無止盡的放閃感到厭倦時，店員正好來收拾空的餐盤與杯子，並點了追加的飲料。對話被打斷後，美彌這才終於想起正事開始講起茉莉的事。

「然後啊，我們想介紹個人給妳認識，妳現在單身對吧？」

「嗯，是……」

「茉莉，妳跟前男友分手多久了？」

茉莉不禁在心中口吐惡言：「妳這是想問我多久沒做愛了嗎？」不禁想照照鏡子看自己是不是一臉欲求不滿。

「嗯……二十歲春天吧，夏天就住院了。」

「啊，對啊對啊！春天去賞花時還有看到他，阿亮還記得嗎？」

「……隱隱約約……我記得好像跟我合不太來……」

「對對，我記得你回家時有說和你音樂的興趣不合。」

「我想起來了，有個完全聊不起來的傢伙。那是……五年前左右了吧。」

阿亮毫不客氣地扳起手指數，感到有點可憐地皺眉頭，這讓茉莉更加不悅。

「不好意思，請給我一杯烏龍茶。」

逮到店員點飲料。開始覺得勉強自己喝不怎麼喜歡的碳酸飲料跟個蠢蛋一樣。只是因為顏色漂亮，想著看在旁人眼中會不會覺得這是莫斯科騾子，自己都對打腫臉充胖子的自己感到羞愧。

「想介紹給妳認識的人是我大學學弟，是設計我們店內裝潢的人。」

「是和茉莉念短大那時常去的那家俱樂部的感覺，我很早就決定將來有天自己開店時絕對要弄成那樣。」

「這樣啊。」

所以美彌實現夢想了。得知就算那個空間的裝潢不適合餐飲業，也是美彌實現當時夢想的象徵後，空虛感突然襲擊茉莉。饒舌重音從她腳底往上震響。拿起桌上的烏龍茶喝一口，有股敗北的滋味。

「他叫安藤，比阿亮小兩歲，所以二十九歲。現在在設計事務所工作，聊起天來也是個非常開朗和善的人，還接受了我的所有任性要求。要不要一起去喝一杯看看？或者要不要在我們店裡見個面？」

「呃……」

當話題內容越來越具體後，突然不知該如何回答。

因為以前感覺輕飄飄的「戀愛」，現在只是用指尖碰觸就感覺冰冷堅硬，不禁縮回被彈開的指尖。還沒見過面，只用美彌的聲音編織出的「安藤先生」緊緊束縛茉莉的心。茉莉的思緒一口氣飛到五年後，腦袋閃過到時得承受多大不捨的想像。

解開在桌子底下交疊的腳，含了一口烏龍茶在口中。

「他人真的超好，就只是心臟有點問題。」

「咦？問題？」

茉莉忍不住回問。滑過喉嚨的烏龍茶顯得更加苦澀留在舌尖上。阿亮夾起炸春捲吃，美彌一口喝下阿亮沒喝完的啤酒。阿亮邊發出清脆的咀嚼聲繼續說：

「從小心臟……好像不太好。所以不太能運動，但茉莉身體也不太好對吧？所以我想你們兩個應該很合得來。如果是普通女生，可能會有點顧忌？……之類的吧，但他真的是個很棒的學弟。工作認真，個性也是，身體不好也完全不會自卑。但那部分的辛苦之類的，我們就不是很了解啊，對吧？如果是妳，或許可以一起互相鼓勵那些軟弱的部分吧？……之類的。」

阿亮彷彿配合背景音樂打節奏說話，他每次語尾一上揚都會稍微皺起眉頭咀嚼炸春捲。

聽到朋友在面前被說成這樣，美彌卻只是在意喝光的啤酒杯，輕輕舉起手對另一頭的店員喊：「請給我一杯啤酒。」

此時茉莉心中燃起的，是怒火。強勁的冷氣讓她裸露的雙腳徹底冰冷，但她全身血液彷彿瞬間沸騰，從腳尖熱上來。

「欸，茉莉不覺得安藤先生不錯嗎？」

為了忍住把喝到一半的烏龍茶連杯子一起砸過去的衝動，茉莉又翹起腳。即使如此仍無法壓抑過剩的怒意，她接著加上雙手環胸。

茉莉在腦海中模擬，要是可以掀桌然後用高跟鞋踹飛不知會有多爽快。大概永遠無法與美彌見面了吧，會失去暢談短大時代開心回憶的伙伴。或許也會失去可以用全身盡情歌頌自由那時的回憶。

那段人生最耀眼的時光確實已經無法挽回，崇高……又讓人感傷。

「這個嘛，但我現在不太能思考那些耶。」

「妳要是這麼畏縮，會一直交不到男友啦。」

「我知道啦。」

茉莉聳肩一笑，美彌不開心地嘟起嘴。一旁的阿亮喝了一口啤酒後，一臉彷彿問明天天氣的表情開口問：

「是因為妳生病了所以拿不出勇氣來嗎？」

「咦？茉莉，是這樣嗎？」

「不是這樣啦，只是現在沒有那種心情而已。」

病魔鍊鎖的束縛更加強烈。深深咬進肌膚裡，幾乎要勒斷身體般緊勒全身。痛楚得就快要讓茉莉扭曲表情，她爽快地笑：

「……對不起喔，但謝謝妳。等到我有心情了，再讓我開口拜託妳吧。啊，美彌，妳的杯子空了喔。要不要點什麼，要不要再點一些菜？」

美彌很不高興。茉莉離席去洗手間時，看見阿亮正在安撫鬧彆扭的美彌。「沒辦法啊，茉莉生病了啊。」轉頭背對阿亮說出這句話的嘴角，茉莉在空無一人的洗手間內緊咬雙唇。和深呼吸一起把湧上的淚水吞下去，壓力如鉛塊般重重落在肚子上。

連怒吼的勇氣也沒有的膽小鬼。從小不管遇到怎樣的場面，最後都會笑著把怒意與淚水全部嚥下。什麼也不做就能廣受身邊人喜愛的姐姐和自己不同。所以茉莉總是選擇笑，就在她再三小心不被別人討厭時，變得只能採取最保守的行動了。

走出洗手間看著洗手臺鏡中的自己，重新塗好口紅再次調整呼吸。

接下來又聽兩人無止盡說著店裡的事情和近況後離開酒吧，三人邊說不知明天是不是也很熱邊走在熱度尚存的街上，在車站月臺道別。

茉莉笑著。笑容是她最大的防禦。為了不被討厭，為了不讓人知道真正的自己。

在離家裡最近的車站下車後，茉莉沒辦法直接回家。得要把一點一滴湧上來的怒氣，在朝誰遷怒前處理掉才行。

走進站前商店街角的居酒屋後毫不猶豫點了啤酒，睽違已久的啤酒，水潤感完全勝過原本討厭的苦味，舒爽地潤澤她乾澀的喉嚨。

在這邊，不管別人怎麼看她都無所謂，到了這時段，每個座位上都只剩喝醉酒的人，沒有人在乎茉莉。

為了不讓承受最多肺臟造成的負擔的心臟受罪，茉莉的飲食限制相當嚴格。雖然茉莉在家裡、在外食時都不著痕跡，但她很嚴格自律。現在卻完全不在意地點自己喜歡的東西，一口接著一口。感覺好久沒這樣盡情進食了。「盡情吃下喜歡的食物」，邊嘲笑著只想到這種紓壓方法的自己，咀嚼擺滿桌面的食物。

把日式炸豆腐放入口中的瞬間，苦酸的東西爭先恐後湧出喉頭。

急速穿梭喧鬧的桌間衝進洗手間，接著一口氣把胃中食物全吐出來。心跳快得心臟幾乎炸裂，陷入意識朦朧的狀態。真的是一團亂。淚水、鼻水和穢物一起湧出，茉莉邊嗚噎邊抱著馬桶。

等到沒東西可吐後也沒辦法立刻起身，茉莉就抱著馬桶全身癱軟。新買的裙子貼在廁所地板上，遠離腳尖的涼鞋孤單滾落一旁。

抬起頭，覺得廁所的光線模糊不清。溫熱的淚水又一滴滴順著臉頰滑落。千辛萬苦找到可以哭泣的地方竟然是居酒屋的廁所，這太不講理了。

舉起手背擦拭不舒服的嘴邊後放聲大哭，孩子般哇哇大哭的聲音在狹小的廁所響起。討厭讓雙腳疲憊腫脹的高跟鞋，又把剩下的另一隻鞋踢開。

被悽慘壓垮的女人，比嘔吐物更骯髒。

隔天，茉莉稍微剪了頭髮，請人梳整一下。接著直接前往大型布料專賣店，買下所有想要顏色的布料。然後去大型美術社買筆芯及網點，最後用剩下的錢買一對銀色耳環。在耳邊晃動的形狀，相當襯托她變得輕盈的頭髮。

一回到家，在空無一人的起居室把布料攤開，拿起月野給她的角色扮演服裝的版型默默裁剪布料。一天就這樣結束了，但感覺已經幾乎消除昨天的悲慘。

被欺負的隔天要徹底寵愛自己。買想要的東西，做能專注的事情。接著在裁剪完布料後，已經有雛型的服裝能讓自己心情雀躍。興奮期待可以讓被壓垮的心靈重生。

茉莉把服裝的布料披上身看鏡子，滿足地笑了。

絕對不談戀愛，也不期待。這個人生不是連續劇而是真實，不可以忘記得走過這個人生的覺悟。

一點也不怕死，因為不管發生什麼事情，我都確實會死。

我會死。

只有這點不會改變，還請放心。

7

二十五歲，來到中間地點的冬天。

身邊慌忙地不停變化。聖誕節過後，迎接新年，在情人節即將到來之時，彷彿連鎖效應，身邊的人也開始結婚。

一種時候終於到了的感覺。這是最令人害怕也最無法避開的過程，接下來就是結婚競賽的開端。早大家一步搶到第一名的美彌相當愉悅地看著這副模樣，她的笑容道盡她的從容。

結婚、懷孕，這些關鍵字散落周遭。學生時代的茉莉，或深或淺都是個擅長社交的人，因此收到的紅色炸彈數量也很驚人。想讓她看看自己幸福的人一個接一個寄來郵件或明信片。把高中同學寄來的婚禮明信片丟上床的同時，茉莉也把自己的身體丟上床。

呆呆看著單調的天花板，回想過往的「戀愛經歷」。只想起與她平淡的人生無異，毫不有趣，無法引人入勝的故事的重複。

「結婚啊……」

禮子是在結婚、生完小孩之後，將近三十歲時才發病。發病前連小孩都生了，或許可說是種幸運吧，因為她確實品嘗到女人最美好的瞬間。

除了結婚、生小孩外，女人最屹立不搖的幸福是什麼呢？雖然年齡確切增加，對社會一無所知的茉莉連「屹立不搖之物」的選項都想不出來。

聽見輕輕敲門的聲音，應門後桔梗走進房裡。

就算只穿黑色高領衫加上牛仔褲這輕鬆的打扮，桔梗仍然光采動人。

「茉莉，可以講點話嗎？」

「嗯，請。」

真正的美女過了三十歲後真的很美。內在累積起來的教養與經驗也顯露在外表上，從妝容到打扮全都成熟起來。她很擅長保養，白皙的肌膚沒有任何斑點，從髮根到髮尾都閃耀光澤，比二十多歲的她還更美麗。茉莉心想，桔梗大概會變成一位美麗的老婆婆吧。

桔梗要說的話，跟茉莉丟上床的明信片相同。

桔梗要結婚了。

這是高林家大騷動的開始。

桔梗當然有情人，她男友鈴丘是很紳士、很出色的大人。來探病時總會買茉莉會喜歡的CD來，每季都會送上讓茉莉可以在病房用的室內拖鞋。

得知這是遺傳性疾病時，桔梗對只有茉莉發病這件事感到相當自責而無比沮喪。茉莉當然不認為桔梗有錯，但被自虐想法束縛的陰沉桔梗帶給茉莉很大的壓力。所以茉莉偷偷感謝著鈴丘總是在旁支持彷彿世界末日的姐姐。

姐姐的婚禮準備工作逐步進行。因為鈴丘確定調職，所以才得要早點進行，他四月要調往群馬工作，兩人才會緊急決定結婚。

茉莉看著眼前試穿一套又一套婚紗的桔梗微笑，自從桔梗決定結婚後，茉莉比之前更常笑。

「茉莉，這件如何？還是剛剛那件好？」

身穿輕飄飄的純白婚紗的桔梗不知如何是好地說。

「很可愛喔，全都很適合妳。乾脆全穿吧？」

「什麼？真是的，妳好好幫忙選啦。」

「選妳喜歡的就好了啊。」

「不行，我就想要茉莉幫我選，快點，仔細看。」

「……嗯。」

鈴丘在桔梗試穿第五件婚紗時出現，因為他忙著交接工作，婚禮準備幾乎都是桔梗主導。

「茉莉，妳好。」

「啊，鈴丘先生。假日上班辛苦了，桔梗現在在更衣室裡。」

服飾問鋪上地毯的寬敞空間中，四處可見禮服、鏡子和新娘散落其中。

鈴丘在茉莉身旁坐下，說著交接工作快結束了，接下來自己也能幫忙準備婚禮。對話中，鈴丘不著痕跡地確認兩人的母親沒有一起來之後，有點不知所措地問茉莉：

「茉莉，我把桔梗帶走可以嗎？」

「咦？」

「確定調職後，我是很希望桔梗可以跟我一起走……但妳會不會寂寞？」

「但如果桔梗不跟你走，就換你寂寞了吧。」

「這是當然。」

「那……這樣不就好了嗎？桔梗也會很寂寞啊。」

「但是應該很捨不得和家人分開吧？」

鈴丘注視著茉莉說道。另一頭的那個年輕男生就絕對不會問出這種問題吧。照著女生的指示拉好裙襬後拍照，彷彿任性妄為的女王大人與其侍從。

「很捨不得喔，非常捨不得。」

鈴丘帥氣的臉蛋染上一層陰霾。

「但是沒問題，群馬那裡有爸爸的親戚，也是我們很熟悉的土地，所以我覺得桔梗肯定能好好生活。我也已經二十五歲了啊，別那麼擔心啦。」

茉莉懂鈴丘的擔憂。更知道其實這是桔梗感覺自己拋下了家人。

「我已經不會隨隨便便就住院，只要好好注意身體狀況就沒問題。狀況一直都很好，別擔心。」

此時不適合講不幸的話題，不想要玷汙這個只有完美幸福人們的場所。

茉莉一笑後，鈴丘也跟著輕笑。

「茉莉，謝謝妳。」

「不用謝，姐夫。」

「哇，姐夫，真是動聽呢。」

「但我也沒叫過桔梗姐姐，所以有點害臊。」

「我比較喜歡聽妳叫我姐夫。」

「啊，阿聰，工作忙完了嗎？」

桔梗一從更衣室走出來，周遭的空氣瞬間改變。其他新娘們頓時失色，像隨從的男生也毫不掩飾地看桔梗看得入迷。

茉莉坐在沙發上看著桔梗和鈴丘一起站在鏡子前，充滿驕傲的幸福與慈愛。把桔梗即將離開的不捨與不安藏在心中，按下快門。

櫻花盛開時，桔梗出嫁了。

茉莉為了感謝深愛的姐姐，親手做了頭紗和桔梗色的髮飾。在蕾絲上手工縫上一顆顆珍珠，披上頭紗的姐姐美得叫人驕傲，也令人深愛得叫人落淚。

心情平靜，春風舒適，新娘美得毫無陰霾。茉莉打從心底感到幸福。

婚禮順利結束，目送賓客離開也告一個段落後，茉莉前往婚宴會場的洗手間。正當她要開門的那時，群馬姑姑們熟悉的聲音讓她停下手。

「茉莉不知道會怎樣。」

聽見自己的名字，讓她不敢開門。

「桔梗這樣就告一個段落了，茉莉就……」

「沒想到茉莉會遺傳到媽媽的病。」

「我也有讓我兒子們去做檢查，但聽說這個很難早期發現……希望別再有其他人發作了。」

「我也有讓女兒去醫院檢查，要是和茉莉一樣就傷腦筋了。……媽媽很年輕就過世了……我那時還小但還是記得很清楚。」

「就算是那樣，要是發作時間跟媽媽一樣晚，至少還能結婚吧……哥哥應該也很難過。」

輕輕放開握住門把的手，茉莉悄聲離開。

「茉莉，要回家囉。」

剛剛還被姑姑們說是「難過的哥哥」，父親滿臉燦爛笑容，比誰都對寶貝女兒的婚禮感到驕傲的父親。剛剛不停對身邊的人鞠躬道謝的母親，現在也像得到解脫般爽朗微笑。很幸福的家庭。所以，不可以染上絲毫陰霾。

茉莉也笑了。

「好吧，回家囉！感覺肚子餓了！」

停車場的櫻花隨風起舞，飛雪般的粉紅花瓣又富足了家人的心情。

桔梗和阿聰一起搬到群馬去了。

餐桌旁空出來的位置，讓茉莉痛切感受桔梗已經成為不會每天回這個家的人了。這讓她感到無比寂寞，也無比不安。

彷彿要填補桔梗帶走的光彩，茉莉比以前更多話，會看著電視捧腹大笑。努力不讓雙親因為桔梗離開感到寂寞。

茉莉每次坐到餐桌旁都感到不安，總是有種討厭的身影站在背後的緊張感。不敢去想像又空了一張椅子時，這張餐桌會不會因此崩潰。

想要為家人活著。想要一直待在這裡，不讓空位再增加。但茉莉為了笑，選擇放棄和桔梗一樣的幸福。比起緊抓著不放後無法實現而哭泣，倒不如爽快放棄笑著過活，她知道這是更有自我風格的生存之道。

想為家人而活，但也沒辦法捨棄死亡。因為死亡是結束一切的唯一手段。茉莉怨恨命運只給她這殘酷的選項。

邊用縫紉機製作新的服裝，思考在兩個選項間搖擺。但最後找出的結局就是醫師宣告她只剩多少生命的聲音，那就是休止符。

住院那兩年的生活痛苦到她不想再經歷第二次。檢查、用藥、手術全都痛苦到讓她想瘋狂尖叫。但那是她人生中最努力的日子。她認為自己已經努力到可以抬頭挺胸對要她加油的人說「還要我怎樣更加油？」即使如此還是沒辦法阻止病況惡化，剩下的壽命仍然不變。

所有方法都努力過後的瞬間，茉莉燃燒殆盡了。只留下甚至還沒舉白旗投降，戰爭就擅自結束的虛無感。

不肯放棄而緊抓住不放的東西，滑溜從她指尖離開的感覺就是絕望吧。接著在大吐一口氣的瞬間，還能努力的勇氣轉眼成空。

這世上有無能為力的事，有不管多努力都無法顛覆的事情。那肯定就是神明安排好的命運，如同小孩無法選擇父母的絕對定義。

在她領悟這點時，也懂了放棄。放棄是唯一的救贖。

「……嗚……嗚……」

「滴答」大滴水痕在布料上暈開。

慌慌張張停下縫紉機擦拭水痕，但又落下另一滴淚創造出大水痕。豔紅布料染成黑色，滑過臉頰的淚珠又往下滴。

茉莉拉斷鬆開的線頭，把幾乎要完成的服裝往地板丟。

茉莉坐在椅子上，在孤單的房內放聲大哭。心靈因為每天累積的不安與無從選擇的選項疲憊，哀嘆著無從療癒的不安而哭泣。

我到底是為了什麼而生，為了什麼而死呢？

為什麼是我？無處可逃的這裡就跟狹隘牢籠一樣。不管往哪裡走最終只會撞壁。

我無法改變過去。但就連未來也無法改變。

我好怕死。

但是也好怕活著。

我無法選擇人生。

8

吸塵器的馬達聲停止後，被繪製原稿和製作服裝追著跑而散亂的房間回到以往的寂靜。茉莉環視整理好的房間後吐了一口氣，從敞開窗戶吹進來的風也令人感到神清氣爽。擰乾抹布仔細擦桌子，從窗外照進來的陽光讓人聯想到爽朗且溫和的初夏，剛擦完的桌面反射日光閃閃發亮，感覺堆積在心裡的陰沉心情也跟著一掃而空。

鼻尖聞到甜甜的花香，這麼說來有看見鄰居庭院的紫玉蘭開花了，或許現在已經盛開。茉莉想著，要拍照寄給每年都很期待那家庭院的紫玉蘭開花的桔梗看。

最後茉莉還是完成角色扮演的服裝，也完成漫畫原稿。一如以往參加活動和沙苗及月野度過熱鬧的時光。

為了忘記被不安追趕的生活，就只能緊抓住能沉迷其中的事物了。很明白不改變生活就沒辦法改變任何一切，但最終仍沒找到「想要如何改變什麼」「將來想要怎麼做」等展望。與其哀嘆命運，倒不如盡情品味眼前的樂趣要來得輕鬆。或許有人說這是「逃避」，但茉莉心想，要是每天哀嘆著無可奈何的事情度過，那笑著逃避又有哪裡不好，最後選擇看開一切。

打開桔梗婚禮時的相本，自然地露出笑容。

「帶這個去吧。」

先替下週去群馬作準備，把相本放在桌上之後，又回到打掃工作上。

邊播放動畫主題曲邊打掃，來到書櫃的最下層。當她整理擺滿檔案與筆記本的櫃子時，與令人懷念的迷你筆記本重逢。

「哇，是我住院那時的日記耶。」

打開凱蒂貓的粉紅筆記本，還帶著些微病房氣味。翻著翻著，從原本寫滿藥名和檢查概要等跟醫學生沒兩樣的筆記內容，突然變成日記。茉莉停下打掃工作翻過頁面，那彷彿懷念的戰友寫來的信。

那個白牆房間的窗戶只能開一條小縫，只有剛住院時還想著要是能全部打開不知會有多舒服。當她發現這是為了防止病患自殺時，心情無比混亂，彷彿自己這個人遭受否定。從小隙縫中吹進來的風，是奪走她自由的拘束象徵。

抬頭仰望窗戶。從爽快開放的窗戶吹進來的風富含季節氣息，撫過茉莉的髮梢和臉頰。深吸一口氣，是毫無滯淤的氣味。幾乎揪心的愛憐心情滿溢而出，她靜靜閉上眼睛。那裡沒有黑暗，橘色的光芒在眼瞼內側呼吸。陽光根本不怕人閉上眼睛，仍然強而有力地溫暖著人。那個房間沒有陽光照入，從早到晚都開著昏暗的大燈。

又再次低頭看筆記本。

上面那些無處可去的不安、恐懼與絕望，是靠這點小事就能撫拭的東西。

當她發現自己如此渴望這麼細微的小事時，驚訝得好想哭泣。

太陽光、風的氣味、耀眼天空、和誰訂下的小約定、讓心雀躍歡喜的糧食、自由活動的身體、舒適的空間，「這裡」擁有的一切是當時的茉莉全都沒有的東西。那肯定就是沒有「活下去」的手段吧。

把自己全塞進這小小的筆記本中活著，有超越言語的痛苦。

茉莉就這樣坐著面對當時的自己。

在這之中找到了禮子的名字。

這麼說來，建議她可以把無法告訴別人的心情寫下來的人就是禮子。其實她現在也持續著。眼睛瞄了一眼靜靜夾在電腦旁雜誌間的綠色筆記本，茉莉又翻過頁面。

「我自己想要說謝謝、對不起喔、我喜歡你的人又是誰呢？」

回想起病房的白色牆壁和刻劃心跳的機械聲，擺在窗邊的黃色向日葵，紅色算術題本，躺在床上的禮子側臉。

禮子留下的後悔。她沒能說出這些就離世了。

謝謝

對不起喔

我喜歡你

當時的禮子已經無法離開醫院，這也是茉莉將來要面對的「那時」，茉莉絕對不想在病房中回想著沒說出口的後悔。

有什麼東西急速在茉莉心中動起來，四倍速回顧二十五年的歲月。

在走馬燈中看見那個人，茉莉抬起頭。闔上筆記本沒放回書櫃，茉莉透過打開的窗戶眺望天空回想。

「新谷美幸」

那是她還小，十二歲時犯下的罪。

下電車，經過剪票口後，全新的粉紅色汽車就停在站前廣場上。茉莉揮揮手，新婚人妻帶著燦爛笑容下車。

桔梗兩人的新家雖然很簡單，但擺放著很有兩人品味的好家具及可愛的小東西。雖然不大，但只要看著這個空間就能感受到桔梗相當幸福。

大概是因為許久不見，桔梗相當興奮。就算是以前曾經住過的土地，果然還是很寂寞吧，茉莉心中出現一小片陰影。但在走進附近超市的瞬間「啊，桔梗！今晚要煮什麼？」「桔梗，特賣時段就快開始了喔。」「啊，桔梗，今天進了很棒的鮮魚，待會兒來鮮魚區看看吧。」「桔梗學姐，妳好！」接連有人找桔梗說話。

「桔梗，妳已經交到朋友了啊？」

「才不是啦，大家都是以前的朋友。我在這邊住到高中嘛，小學和國中同學大家都還記得我，也有轉學之後也一直保持聯絡的同學。」

「這樣啊……太好了，可以到以前住過的地方來。」

「對啊，如果是完全陌生的地方，我可能會有點想家。」

桔梗似乎完全融入這塊土地了，轉學後還保持聯絡的朋友也幫了不少忙吧。

茉莉轉學後就沒和同學保持聯絡，才剛上國中就轉學的茉莉，光適應東京生活就耗盡心力。

（而且桔梗在國中和高中都跟偶像一樣啊，記得她的人也很多吧……）

看見和桔梗搭話的人們友好的模樣，茉莉真心感到鬆了一口氣。

「看那邊，妳還記得嗎？」

「哇，好懷念喔。」

桔梗在回家途中故意繞遠路，在可以看見以前住過的集合住宅的坡道下停車。

「有那麼舊嗎？」

「這當然是因為我們變老了啊。」

「啊，對耶。但我聽到在東京可以住獨棟房子時超開心的耶。」

「是啊，以前還和妳共用一個房間嘛。」

「不覺得都高中生了還那樣很不可思議嗎？」

「嗯～還好耶，反而是搬家後有自己的房間讓我覺得更寂寞。」

「啊，確實如此，我記得妳很常溜進我的被窩裡。打雷時或是附近發生火災時絕對會跑過來。」

「哇，這千萬不可以告訴阿聰喔。」

「好啦好啦。」

兩人一起開口笑，車子往前開動。兩人確實在此度過學生時代，正因為如此，回憶的一角有被她遺忘的罪過。

當晚。

「茉莉，明天要去哪？要不要去逛街買東西？」

「對不起，我已經和小學同學約好了。」

「哎呀，這樣啊？和誰啊？」

「嗯～妳大概不記得了吧。」

「是嗎？別太勉強自己喔。如果時間太晚我去接妳，要跟我說喔。」

「嗯，謝謝妳。」

對剛洗完澡的桔梗說完後，茉莉在客人用的被褥上打開手冊。那是從她找遍家裡終於找到的小學畢業作文集上抄下來的地址。

新谷美幸，是她小三時因為同班而變得要好的同學。美幸和沙苗相同，因為彼此都最喜歡畫畫而相當合得來。五年級換班級時也同班的兩人，感情好到用一樣的鉛筆盒。

那是雙面都可以開的鉛筆盒，不僅可以放鉛筆還能放彩色鉛筆，裡面甚至還有削鉛筆機，非常多功能。蓋子裡面畫著兩人都很喜歡的漫畫中的小狗。她們幾乎每天都會去文具店看，雖然想要得不得了，但兩人的雙親都不願意買給她們。不願意放棄的兩人把零用錢一點一滴存下來，那是她們第一次做這種事。就這樣花上好幾個月，終於買到鉛筆盒了。「要一直好好珍惜喔」「要一直用相同的喔」，茉莉至今仍清晰記得緊抱全新紅色鉛筆盒那天的事情。

但兩人的友情，太過脆弱了。

美幸的運動神經極佳，在運動會接力賽上擔任女生最後一棒。在互不相讓的白熱化賽況中，美幸拉開和第二名的距離，遙遙領先。優勝就在眼前，讓班上同學都相當興奮，但就在交棒給最後一棒的男生前，美幸大摔一跤。那一跤摔得連茉莉現在都還印象深刻。最後一棒的男生拚命追趕，結果還是最後一名。

美幸因為這件事情變成集體排擠的目標，並非有誰主導，但大家這時的合作相當迅速，絕對團結。藏起她的課本或是打掃時不幫忙，茉莉親眼目睹原本友好的同班同學翻臉的瞬間。排擠不斷升級後，自動轉變成霸凌。當時已經無法憑一己之力做些什麼了，「如果出面袒護美幸，下一個就輪到你」——這無言的共識無情地滲透進全班。

茉莉沒有勇氣出聲對抗也沒有勇氣在班會上提出議論，就這樣，茉莉換掉兩人相同的鉛筆盒。

原本下課時間都在教室畫畫也變成跑出去玩，感覺午休時間如永恆般漫長，就算是討厭的數學課，只要是上課時間就能安心。到畢業前的五個月，茉莉屏息靜靜地潛藏在班上。從遠處看著明顯被孤立的美幸，卻也貫徹冷漠，在沒說過什麼話也不合拍的團體中笑著度過。

國中因為學區分開，美幸應該不知道茉莉到東京去了吧。畢業典禮中沒和任何人一起合照也沒被邀約簽畢業紀念冊的美幸，茉莉怎樣都想不起來她最後到底是怎樣離開學校。

美幸到最後都一直用著那個紅色鉛筆盒，對美幸的求救訊號視而不見，這就是茉莉的罪過。

下定決心朝美幸老家的地址走去，依稀見過面的美幸弟弟出來應門。對方似乎完全不記得茉莉。

茉莉不敢說自己是小學同學，不小心說出自己是國中同學。小時候總是滿臉笑容跟在美幸身後的弟弟一臉厭煩地回答：「姐姐已經結婚了不住這邊。」他似乎沒有守密義務，爽快地告訴茉莉地址。

茉莉邊想著是不是該對他說別這麼輕易告訴別人這種事情，朝他說的地址走去。好幾次向路人問路才終於抵達後，茉莉忍不住驚呼「哇喔！」

這是有著歐式屋頂，外觀可愛的獨棟房子。白色大門那頭可見明說「這家人的興趣是園藝」的花壇。陽光照射下，全新的門牌美麗又凜然地閃閃發亮，散發出幸福家庭就住在這裡的氛圍。

看見這副光景，茉莉腦袋遭受拳擊般的衝擊。現在才發現自己正試圖要做相當自私的行為，而停下按門鈴的手。

低下頭後，再次看向門牌。

——還是回家吧。

就在她的心想轉身離去時。

茉莉和門內的黃金獵犬對上眼了。黑溜溜的可愛大眼捕捉到她的瞬間一變，發出驚人吠叫聲朝這邊猛烈衝過來，巨大的叫聲在寧靜的住宅區中響起。看見只要助跑往上一跳就能飛越大門的大型犬衝過來，茉莉驚聲尖叫。

花壇那頭的落地窗被拉開，大概聽見大門這頭茉莉的慘叫聲吧，住戶邊哄孩子邊走下庭院。

女性就是美幸。半長髮漂亮燙捲，身穿海軍風上衣搭配窄管牛仔褲，儼然年輕太太的模樣但仍留有往日面容。懷中一歲左右的小女孩天真地看著茉莉。

「皮爾！皮爾，安靜！」

美幸慌慌張張跑過來，黃金獵犬雖然閉上嘴巴，仍低嗚威嚇瞪著茉莉。

「那個……」

美幸開口喊縮在門邊的茉莉，茉莉戒慎恐懼地抬起頭看美幸。

「……茉莉？」

「好、好久不見……」

「騙人，真的是茉莉嗎？」

「真的是茉莉，高林茉莉。」

隔著門，茉莉一口氣簡短說完轉學到姐姐結婚的事情，美幸溫柔地微笑。把名叫皮爾的黃金獵犬牽回狗屋綁好後，替茉莉開門。

「沒想到妳會來找我，太開心了！」

茉莉疑神疑鬼地心想「真的假的」，但還是想要老實相信這句話。

進到屋內，裡頭和外觀相同充滿幸福感。造型感十足的牆邊櫃上擺放的照片中，有看起來很溫柔的丈夫、美幸和小嬰兒。

身穿 COMME CA 嬰兒服的小女孩在茉莉身邊搖搖晃晃走著，她大概不怎麼怕生吧，很親人地抬頭看茉莉。

「所以桔梗姐姐現在住這邊啊。」

「嗯，住南中學那附近。」

「好想見她，她就是『女生們的偶像！』感覺的人啊。」

美幸將紅茶放上矮桌後，抱起地毯上的孩子在沙發上坐下。茉莉也在她的招呼下坐下。

美幸成長成一個光采動人的女性，完全無法想像那時總是陰沉低著頭，這讓茉莉好高興。

「茉莉呢？現在在幹嘛？」

美幸問道。茉莉縮回伸向茶杯的手。

直說「搞壞身體了」也沒關係，但只有此時，有別於嫉妒與欣羨，她想要隱瞞自己。她不想讓小嬰兒天真的笑容，以及充斥這個家的幸福染上陰霾。

「在東京當上班族。」

「我有聽別人說妳轉學了，原來是去東京啊，東京啊，真好。」

「妳才好啦，有老公還有可愛的寶寶。」

茉莉說完後，美幸回以開心的笑容。

「美幸，那個啊。」

茉莉雖然有點不知所措，還是坐立難安，開始說起自己為什麼會來找美幸。

「對不起。」

茉莉起身一鞠躬，寧靜的住宅區中出現小小的沉默。

透過瀏海看見美幸端起茶杯。茉莉不知何時該抬起頭，在美幸喝了一口紅茶放回茶杯後都保持相同姿勢。

「茉莉，已經沒關係了。」

「真的嗎……」

「沒關係，那也不是茉莉的錯啊。」

在美幸催促下坐回沙發後，茉莉一口氣喝光紅茶。美幸抱著小嬰兒，直直凝視著茉莉，接著笑了：

「現在還記得這件事的只有茉莉了啦。」

「是嗎……」

「就是，大家都忘了。人啊，很難忘記自己遇到的事情，卻記不太住自己做過的事呢。因為我也是一樣，所以很清楚。」

「妳也一樣……？」

「對，因為我在國中可是霸凌者呢。」

美幸俏皮地聳聳肩，呵呵笑了。

「上同一間國中的人應該知道，應該會說『美幸超恐怖的』。」

「超恐怖的啊……」

「我可不是不良少女喔，可是很認真參加社團活動呢。」

「什麼社？」

「田徑，別看我這樣，我可是縣紀錄保持人呢！」

遭到霸凌的她藉著持續練跑抹消那個過去。在田徑隊得到學長姐信賴並得到支持後，徹底欺負她看不順眼的人。美幸滿不在乎地說，其中也包含小六時欺負她的女同學在內。

「以眼還眼，真的就是小孩子吵架啊。那時感覺到幾乎想死的絕望，但事到如今，我自己也在反省。但我不會像妳一樣去道歉，也沒有人會來向我道歉。」

「美幸，妳雖然在笑，但妳說出口的話充滿暴力耶。」

「是嗎？我也變強大了啦。遭霸凌後變強，變成霸凌者之後變得更強。但我啊，如果美樹……這孩子被欺負的話，應該會變得更強，反之如果她變成霸凌者，應該會變得更強、更強。」

「……那超強耶。」

茉莉一笑，美幸纖細的手腕高高抱起小嬰兒，美樹開心地呀呀歡笑。

「美幸，對不起。」

「沒關係啦，而且妳完全沒辦法變成欺負人的人啊。」

「是嗎，我覺得我滿過分的耶……」

「為了換掉鉛筆盒跟我道歉，都讓我笑了。」

「對不起……」

「那時候，那種小事就是那麼重要嘛，嗯，我接受妳的謝罪。」

美幸笑道，笑容中看見一起畫畫時的面容。

「身為一個霸凌者，就我來說妳太溫柔了啦。」

「這是霸凌者的意見嗎……」

「雖然無奈跟著班上起舞，但我知道其實妳非常關心我。我很喜歡妳這點喔，所以妳今天來讓我很高興。比起這個，茉莉妳還記得鉛筆盒，聽到狗狗名叫皮爾卻沒有反應啊？」

「咦？什麼意思？」

茉莉一回問，美幸嘟起嘴來。小學時，她就習慣在畫畫不好時這樣嘟起嘴巴。

美幸邊添紅茶，有點生氣地說：

「真過分耶，皮爾不就是茉莉最喜歡的漫畫的主角名字嗎。妳不是說生寶寶要替他取名皮爾嗎？我再怎樣都沒辦法替這孩子取名皮爾啦，所以才替狗狗取名皮爾。」

「妳為什麼會用我喜歡的……」

「對我來說，妳是我孩提時代最好的回憶啊。我開心的回憶中絕對有妳，所以替小孩取名字時，替狗狗取名字時，我都想起妳喔。」

美幸的笑容讓茉莉感到好害臊無法直視，就像第一次被喜歡的男生告白時一樣心跳加速，害羞又開心的心情擾動身體。

「美幸，謝謝妳。」

「我才要說，茉莉，謝謝妳來找我。」

兩人面對面互視而笑。茉莉伸出手，美樹也朝她伸出手。茉莉抱過美樹稍微拋高高，美樹揚聲大笑。沒想到自己有機會這樣抱著朋友的孩子，如果是平常，她應該會對自己大量服藥無法生小孩感到悲觀。但她老實覺得眼前這張健康的笑容好可愛。

回到東京後，寄封信給美幸吧。

「啊，對了，茉莉，妳還記得三、四年級時的班級嗎？」

「嗯，記得啊。大家感情很好呢。班導很年輕，班上也是很團結一致的感覺。」

「沒錯沒錯，大家現在感情還是很好喔。」

「是喔？」

「嗯，妳還記得班長三谷嗎？他現在繼承家業經營肉品店，他家的東西很不錯，所以附近的主婦都會去他家買。然後班上的女生聚集起來，三谷也到處聯絡男生們，大概兩年前開始吧，大家會報告結婚消息順便舉辦同學會。」

「同學會？在飯店嗎？」

美幸在另一頭的廚房裡邊更換紅茶茶葉邊笑著說：

「不是不是，附近的居酒屋啦，還挺多人會來的耶。茉莉，妳要在這邊待多久？工作之類的有辦法調整嗎？嗯……」

美幸手指撫過擺在廚房窗邊的月曆，表情突然興奮起來。

「後天！後天有一場！去嘛。」

「咦？美幸呢？」

「我要二次會之後才參加，我偶爾會在老公回家後去參加。妳來絕對會讓大家嚇一大跳！大家不是有一起寫作文集嗎？當時的封面就是妳畫的啊。那張班導岡町老師的畫現在還是會讓我大爆笑。妳來大家絕對會很高興。」

回想起令人懷念的同學。報告結婚消息順便舉辦同學會，雖然主旨有點討厭，但現在的茉莉是「東京的上班族」。那就跟角色扮演一樣變成完全不同的人，讓她心情悸動。

「茉莉，一起去嘛。」

茉莉點點頭。

接著還有另一件事。

她想起「我喜歡你」去哪裡了。

美幸不知道我的地雷。所以我有辦法在她面前坦率。只要完美演繹，就連心都能裝飾一番。

好輕鬆。不是病患的我。

我稍微在心中祈禱，要是謊言能成真就好了。

9

茉莉決定延後回家的時間，出席同學會。

請桔梗送她到美幸告訴她的居酒屋。

「要玩晚一點也沒關係，但不可以太勉強喔。」

桔梗從駕駛座探頭過來說。

「別擔心，謝謝妳送我來。」

「幾點都沒關係，打電話給我，我來接妳。」

「謝謝妳，那我走囉。」

目送車子開遠後，茉莉朝著夜空吐一口氣。白天開始變長的初夏天空，從居酒屋逐漸熱鬧的時段開始慢慢轉暗。淡淡的上弦月看起來好白。

來居酒屋還有專人接送，是有多溫室花朵啊，稍微挖苦自己。但不可以覺得姐姐的擔憂很煩人。

一站到居酒屋的門簾前突然感到恐怖不敢進門。茉莉向桔梗借衣服，妝容和指甲也是桔梗幫忙的。就在她想照鏡子再確認一次時……

「妳不進去嗎？」

背後突然響起的聲音，讓茉莉嚇得跳了一下。轉頭一看，一身大學生打扮的男人站在後面。鬆垮的T恤搭配遮住運動鞋的長牛仔褲。混雜褐色和黑色的凌亂微長髮。

「不好意思！」

茉莉忍不住道歉，逃難般鑽過門簾進入店內。

「小茉莉……」

感覺聽到自己的名字，茉莉戒慎恐懼轉過頭後，身後的男人一臉驚訝地凝視茉莉。

總動員記憶尋找他的身影，但不記得在東京見過，也不是短大時代。那麼是小學囉？所以同年？

打扮看起來像大學生，所以是學弟嗎？這張臉在同齡者中看起來不太可靠，更正確來說，還留有「這個人小時候一定常常被誤認為女生」的可愛童稚。但就算把記憶擴大到學弟，仍然完全找不到他的面容。

茉莉不知該說什麼，就在他要開口的瞬間，另一頭包廂的門被打開，聽見吵鬧的歡迎問候。

「茉莉，這邊這邊！好久不見~咦？你該不會是真部？哇，你也來了啊。真部也來了喔！」

班上同學當然不會放任睽違超過十年不見的茉莉不管，進包廂後受到大家熱烈歡迎。

「茉莉，好久不見了，真懷念啊！」

事前已經接到美幸聯絡，得知茉莉會來的同班同學們來和茉莉說話時，她努力對照記憶和大家的名字，忙得甚至不知道對方在說什麼。

除了熱烈聊天外，桌上也擺滿了居酒屋餐點。茉莉都還沒點餐，已經有杯啤酒擺在她面前，從剛剛起不知道已經乾杯幾次了。

「茉莉在東京工作對吧？我聽美幸說的。」

「東京真好！好帥氣。」

「哇，你那就是鄉巴佬的發言耶。」

「一般行政嗎？」

「那個……服飾類的……」

同學們連珠炮似接連和她說話後，她也衝勢過猛，回過神時已經把第一個謊言脫口而出。

「真好耶，茉莉，服飾類的好像連續劇喔。」

「只是很忙而已啦。」

「所以妳會做衣服之類的嗎？」

「沒有，我主要負責行銷。」

「好帥氣喔！」

明明就只做過動畫角色的服裝，謊言流暢地脫口而出。茉莉從小學就擅長家政，運動服袋和直笛袋全都是她自己做。因為有同學記得這件事，她也自然融入這個人設中。

隨著店家顧客越來越多，同班同學也陸續出現。假日還去上班的，自己開的店休息了之類的，各種職業的人聚集而來。不知何時，看見懷念的面容已經能立刻回想起名字，聊得越來越開心。茉莉故作自然地移動到才剛出現，一身西裝打扮的他身邊。

「茉莉，好久不見。」

「阿武也是，你看起來過得不錯。」

互相笑著乾杯時，茉莉好好確認了他的左手無名指。

阿武是茉莉的初戀。開朗有朝氣是班上的領頭羊，那時已經很帥了，現在精明的臉龐搭配西裝打扮，出色到讓人感覺新的戀情就要從這一瞬間開始。

「喔，茉莉在服飾圈工作啊，妳以前很擅長做包包嘛。」

「你還記得？」

「因為常常被展示在走廊上啊。」

他柔和的笑容還留有孩提時代那份溫和，目的是與他重逢的茉莉，尋找開口問他能不能找時間另外見面的時機。

只知道談直接了當戀愛的茉莉，唯一一個沒說出「我喜歡你」的對象就是他。國中時各分東西，最終沒有說出口，但從小三同班開始到去東京為止，茉莉都全心全意喜歡著他。

「話說回來，茉莉以前說過想當漫畫家吧？」

「有嗎？」

「有啦，我說我要用田徑跑進奧運，妳說妳要當漫畫家。妳忘了嗎？」

還以為自己被看穿心思而慌張失措，但阿武的柔和笑容沒出現任何變化。

他怎麼可能會知道實情，茉莉平靜自己的失措。接著用這才回想起來的音色回答：

「對耶！有、有，是講到很厲害的夢想。」

「對啦，妳那個夢想呢？已經不畫畫了嗎？」

「沒有畫了啦。」

茉莉聳肩說著想要結束這個話題。

「小茉莉，要喝什麼嗎？」

突然聽見輕快的聲音，轉頭一看剛剛那男生就在後面。

大約二十人左右的同班同學聚集而來，其中有變得讓人感覺已經是中階主管的人，也有和阿武一樣變成有型大人的人。每個人變老的模樣各有不同，但仍充滿學生感的只有旁邊這個他。

他是真部和人。就跟他現在在這裡明顯格格不入一樣，茉莉依稀記得小學時他在班上也是格格不入的存在。與十個女生中就有八個女生喜歡的阿武不同，是另一種意義讓人另眼相看的男生。

成績超好，運動神經也很棒。但他不是風雲人物，茉莉沒和他說過多少話不足以記得他的個性，但還記得他有點怪。下課時間都在看文庫本，放學時總是第一個離開教室。

「我還……」

「烏龍茶可以嗎？」

他看著菜單突然這樣說。正當茉莉想要拒絕時，他已經對一旁的店員點了兩杯烏龍茶。

「那個……」

「好啦，陪我喝嘛。」

和人咧嘴一笑。他的牙齒很整齊，眼角下彎的表情跟令人無從討厭的孩子沒兩樣，茉莉只好閉嘴。

「阿和還是一樣我行我素。」

身旁的阿武笑了。

「是啊，我跟你不同，沒有在社會上生活嘛。」

「沒有在社會上生活？」

茉莉回問，和人把垂落臉頰的微捲頭髮往上梳之後聳肩：

「因為我沒去公司上班，過著悠然自在的人生。」

「所以是尼特族？」

「茉莉，不是啦，妳不記得了？阿和家是歷史悠久的茶道家族，將來有天會繼承家業對吧。」

「對，我會變成賣茶的。所以現在只要好好修行，再來完全自由。」

「所以說那是我行我素啦。」

「現在沒關係啦，現在。」

邊看著兩人把自己夾在中間對話的樣子，茉莉問出單純的疑問：

「欸，你們兩個有這麼要好嗎？」

「我們高中同校。六年一貫的私立學校，阿和國中就念那邊，我高中才去。」

「我是直升的嘛。」

「我們同班，阿和也會來田徑隊幫忙出賽。」

「是喔。」

「很意外？」

和人問完後，茉莉揮揮雙手否認：

「沒有，不意外啦，只是覺得你跟小學時一樣運動神經很好啊。」

「妳還記得？」

「嗯，你跑步很快對吧？還有跳箱，也是班上跳最高的。我沒辦法跳過五層，覺得你好厲害。」

明明是瞬間想起來的事，說完後只見和人露出叫人驚訝的開心笑容。跟黏人的幼犬一般滿臉燦爛笑容。

「小茉莉，謝謝妳。」

「叫茉莉還加個小字的人，只有阿和一個耶。」

「我沒辦法直呼女孩子的名字啦。」

阿武一嘲笑他，和人一臉正經否定。茉莉根本想不起來小學時和人是怎麼叫她，她又是怎麼叫和人的。

「從以前就這樣嗎？」

「啊，妳不記得了啊，小茉莉，我好難過。」

「對、對不起！啊，但我很高興。大家平常都直呼我的名字，而且現在加上小讓我覺得有點開心。」

「真的嗎？」

「嗯。」

阿武說起只有秀才能念的私立高中的一點小友情，茉莉這才發現，叫和人「阿和」的只有阿武一個人。

「阿和讓人另眼相看啊，成績名列前茅，在教室裡都靜靜看著英文書。」

「原來是文學少年啊。」

「才不是！因為我在家總聽些死板的日文，所以看英文逃避啦。」

「什麼，這理由也太誇張了。」

「但小說之類的讀原文比較有趣喔。」

「我英文總成績還沒拿過『3』以上。」

「茉莉，妳不能和他比啦，阿和不知道還有『5』以外的數字。」

「哇，你在挖苦我。」

兩人同聲發笑後，和人不高興地把炸雞塊丟進嘴裡，茉莉把剩下已經沒氣的啤酒一口氣喝光。

「別鬧彆扭，阿和對不起嘛。」

結果茉莉還是想不起來小學時怎麼叫他，所以就仿效阿武叫他阿和。

「反正我沒拿過『5』以外的數字啦。」

「哇，自己說了。」

茉莉一笑，和人傷腦筋似地搔搔頭。雖然和人外表這樣，但只要仔細觀察就可以發現他背打得很直，拿筷子的姿勢也很正確，手指很漂亮讓人印象深刻。

由於接著要去續攤而起身，就在不捨地與要離開的同學道別，而在店門前交換手機信箱時──

「阿武，你女友今天呢？」

某人的聲音讓茉莉不禁抬起頭，接著與和人對上眼，茉莉尷尬地把視線拉回手機螢幕上。

「今天回她家去了，因為知道我今天會晚回家。」

「你們要同居多久啊？也差不多該考慮結婚了吧？」

「我是很想結，但她還想多工作一下。」

「這樣啊，她也才剛出社會一年嘛。」

聲音在頭頂上交錯，突如其來的炸彈讓茉莉發現自己的笑容非常僵硬，自顧自訂定的告白計畫就這樣脆弱崩壞了。

交換完信箱道別後，前往續攤的腳步頓時變得沉重。因為美幸會來也沒辦法拒絕，但茉莉參加續攤的目的有一半是想要和阿武約見面。

阿武就在三三兩兩移動的人群前方，剛剛明明還坐在身邊，現在感覺遙不可及。漸漸地離大家越來越遠來到隊伍最後方時，和人探頭看了茉莉一臉無趣的表情。

「小茉莉有在做衣服嗎？」

「咦？」

「妳剛剛有說吧。」

「不是做是行銷，寫企劃之類的。」

「這樣啊，還真可惜。」

手插在牛仔褲口袋中漫不經心走著的和人，像回想起什麼一般仰望夜空說道。

「小茉莉的手很巧。」

「你也還記得嗎？」

「記得啊。」

「家政課的包包？」

「不是，是我襯衫的鈕釦。」

邊抬頭看高出自己一個頭的他邊搜尋記憶，但完全找不到那件事。看見茉莉一臉不解，和人又露出可愛的酒窩苦笑說：

「不記得了？原來不記得了啊。」

「對不起。」

「那可是我小學時代最美好的回憶耶。」

「是嗎？」

「對，是妳發現我襯衫的鈕釦快掉了還替我縫好。就這樣穿在身上直接替我縫胸前的鈕釦，那還是我第一次和女生的臉靠那麼近，我超緊張。」

「……這樣啊，有那種事啊。」

「有，我還記得耶。」

茉莉的胸口撲通了一下，與之同時，身邊響起手機鈴聲，和人停下腳步接電話。同學們沒發現而繼續走遠，茉莉也不能丟下和人不管，只好走一段路後停下來，拚命尋找和人說的那段記憶。

「是的，我明白了。不好意思，今晚……是的。那我很清楚。是的，我下週會登門拜訪，我明白，我已經做好那些準備。是的……對。我會照母親說的……是的，我很清楚。非常感謝您。」

和人的語調和剛剛完全不同，茉莉抬起頭。站在小路上說話的他，不只語調嚴肅，還端正姿勢，表情也帶著凜然風貌。剛剛還那樣開朗的和人表情越來越陰沉，大概是被來電對象說得不能回嘴，偶爾被打斷時還會緊咬嘴唇，茉莉有點不安地看他。

「對不起，謝謝妳等我。」

掛斷電話後又恢復純真的笑容跑過來。

「不會。」

「是我爸打來的。」

「你爸？還真是有禮貌耶，害我以為是你上司。」

「的確是上司。」

「咦？」

「我爸是家元[3]，我不是兒子而是徒弟，我們之間是師徒關係。」

第一次看見有人把父親稱作「上司」，茉莉找不到下一句話。從電話聽起來，可以發現他們親子關係不是很好。前面的團體發出歡聲雷動的大笑聲，讓茉莉嚇得真的講不出下一句話。

「小茉莉想什麼馬上寫在表情上。」

大概發現茉莉很尷尬，和人含笑說道。

「咦？啊，對、對不起！」

「別道歉，沒關係，我已經習慣了。」

「習慣了……」

3　在此指稱傳統藝能流派的主導者，等同「掌門人」的地位。

才說出口立刻發現不該問，和人沒錯過這一幕，手指戳了茉莉的臉頰。

「寫在表情上了。」

「啊！對不起。」

「小茉莉一點也沒變耶，這部分完全沒變，太好了。」

「被人說我從小學到現在都沒變一點也不開心耶……」

「是嗎？我就很喜歡這種。」

和人自然說出的這句話讓茉莉全身僵硬。就算這句話沒特別意義，茉莉也無法巧妙地帶過話題而慌張。當她硬是轉換話題後，她的不自在讓和人啊哈哈大笑。

在續攤的居酒屋和美幸會合後，女生們聊得相當熱烈。和人原本和阿武說話，但在女生聊到一個段落後，又霸占茉莉身邊的位置，大概看穿茉莉不擅喝酒吧，擅自替她點了甜膩的果汁。

剛剛那句「我就很喜歡」從中作梗，茉莉覺得待在和人身邊好不自在。

續攤時大家聊育兒、聊婚姻、抱怨工作，聊得相當熱烈。茉莉也說了些捏造的怨言，但她逐漸感到疲憊，同時身體也開始感到倦怠。十二點就會陣亡，這羞人的話她怎樣也說不出口，但她的身體確實渴望寂靜與睡眠。但沒有人會多在意，明明沒有人知道讓她更輕鬆，卻感到有點不安。

「小茉莉，妳還好嗎？」

身邊傳來的聲音讓她抬起頭，沒和大家一起抱怨的和人正看著茉莉。

「為什麼這麼問？我沒事喔。」

「妳要不要先回家比較好？妳姐會擔心喔。」

「啊，對了茉莉！桔梗學姐！大家聽說了嗎？桔梗學姐結婚後搬到這邊來了！」

美幸這句話讓大家嚇一大跳，大家開始提問後，茉莉又保持笑容裝出開朗加入大家的話題。

時間過凌晨一點後，電話果然還是響了，是阿聰打來的。

「對不起，我要回去了。」

『嗯，我們也想說妳應該和大家很久不見聊得很開心吧，對不起喔，但還是擔心妳。』

「別擔心，請來……」

因為不知道該怎麼說明店在哪，茉莉走出店門外想要找店名或大樓的名稱。她只是跟著大家走完全不知道地理位置，她想去問美幸先掛斷電話時，和人探出頭來。

「要回去了？」

「啊，嗯，我姐老公打來的，說要來接我。」

「他要來這邊接妳嗎？」

「對，但我不知道這邊是哪。啊，阿和，我現在打電話過去，你可以幫我說明嗎？」

「那我送妳回去好嗎？」

茉莉有種他應該會這麼說的感覺，但實際上真的聽到時，茉莉又過度反應。就跟人生中第一次聽到這句話時一樣紅了一張臉，腦袋閃過各種可能情境。

「公寓是在南中學後面吧？和我同一個方向，可以嗎？」

「那個……你已經不喝了嗎？」

「我隨時都可以喝。」

夜風帶走滾燙臉頰的熱度。甩開期待、足以消除期待的不安，以及自以為是的妄想後點頭。

回到座位告訴大家要先走了之後，已經喝醉的一行人誇張地表現遺憾。

「再見，再聯絡喔。」

「要回東京時跟我說，我去送妳。」

「謝謝，回去前再一起喝個茶吧。」

「要傳訊息給我喔。」

向美幸道謝並道別後，對曾經最喜歡的阿武揮揮手。

「要結婚要告訴我喔。」

「好，茉莉也是喔。」

「我還久的咧！工作太有趣了。」

「可以聊往事非常開心，下次再回來啦。」

「我也是！下次見。」

結果，「我喜歡你」無處可去，但好久沒度過如此充實的時光了。

走出居酒屋，和人就在那裡。

「不和大家說一聲好嗎？」

「嗯，沒有關係。」

茉莉拚命說著社交辭令，還滿口謊言，與之相較，和人只和阿武一個人好好聊天。雖然他說他隨時可以喝，但聽說這是他第二次參加同學會。剛剛他自己說第一次是阿武硬拉著他參加的。

跟在走在前方的和人走，茉莉從旁輕輕抬頭看他。發現茉莉的視線後，和人露出友善笑容。

和人從小就不和人混在一起。下課時間總是靜靜的，就算在班上跳過最高的跳箱時，也絲毫不興奮只是頂著捉摸不定的表情。

「妳現在在想我嗎？」

「咦、才沒有！」

「因為妳一直看著我啊。」

「才沒有看你！」

茉莉慌慌張張別開臉。

「小茉莉沒有男朋友啊。」

「你為什麼如此篤定。」

「直覺。」

「超沒禮貌！但我真的沒有也氣不起來。」

「妳這麼可愛太浪費了。」

「可愛？哇，好久沒聽到有人說我可愛了！」

兩人配合著步伐走著。鐵門全部拉下的商店街正中央響起茉莉的聲音，和人的笑聲包裹住她的聲音。和人很愛笑，他開心的笑容惹得自己也綻放笑容。

「和人沒女友嗎？」

「沒有。」

「你這麼可愛太浪費了。」

說出同一句話後，和人嚇了一跳低頭看茉莉，接著那張可愛的臉鬧彆扭地說：

「我很在意這張娃娃臉耶。」

「你這樣打扮又更明顯了啦，好像在街上遊手好閒的學生。」

「聽專業的這麼說刺痛我了。」

和人垂下肩膀，茉莉慌慌張張地說：

「但比起變成大叔，永遠看起來都很年輕比較吃香啊。」

茉莉露出討好的笑容快速說，因為她明明不是專業的卻被叫「專業」而心緒不寧。

「小茉莉變得好成熟。」

和人的聲音在拉起鐵門空無一人的路上響起，邊走邊露出恬靜微笑的眼神帶著溫柔，明明沒有被他碰觸，卻陷入全身被他包裹的感覺。害臊感讓茉莉雙頰發癢。閉上嘴突然被寂靜包圍，茉莉創造出的沉默讓她更加強烈意識「和男人獨處」這件事，她突然變得好害羞地從和人身上別開視線。

眼睛看見移動到西方天空上的淡色上弦月，感覺月亮正彎嘴嘲笑她。從商店街前方吹過來的暖風糾纏著裙襬不放。搔癢的感覺讓茉莉緊咬牙根。風吹響緊閉的鐵門，讓她感覺好像被很多人盯著看，心中嘈雜不已。

剛剛還沒意識到的事情突然看起來帶著明顯輪廓。

和人轉過頭時，茉莉的心稍微往上一跳。

「小茉莉，妳明天有事嗎？」

他用不讓茉莉起戒心的聲音問。

雖然和人和在吵鬧的俱樂部中大喊「雷鬼超讚」的男生相同打扮，但沒有他們那種粗野的樣子，和人的聲音沒有下流企圖的感覺。有多久沒和男生共度假日了呢？約見面，一起去吃飯，然後看電影？還是要去哪裡玩？和人會怎麼度過呢？茉莉坦率地想知道與和人會共度怎樣的假日。

「沒有特別預定。」

「那我們明天出去玩吧。」

「玩什麼？」

「機會難得，要不要去小學一趟？」

就跟揮棒落空一樣讓人洩氣，雖然沒有馬上就出現什麼不道德的妄想，但這太健康的提議也太好笑了。

「好啊，去看看吧。」

和人太大方展現喜悅，讓茉莉已經開始期待起明天。

偶爾很想聽誰對我說「我喜歡妳喔」。

只是這樣就能讓我感覺自己活著，就算女生對我說也好。

我喜歡妳喔。

多棒的一句話啊。

只是這樣就能讓我變溫柔。

我也對誰說這句話吧。

10

兩人約在大門見面，茉莉準時抵達時，和人已經在那邊了。

這天從早豔陽高照，和人身穿合身的白色T恤與比昨天好上許多的牛仔褲，看起來和他年齡相近多了。

「小茉莉，早安。」

「早安。」

和人雙手插在牛仔褲後口袋露出笑容。

「今天是週日，可以進去嗎？」

「嗯，足球隊和棒球隊每週都有練習。」

「你還真清楚耶。」

「這邊是我的散步路線。」

「散步，你是過怎樣的生活啦。」

茉莉呵呵一笑，和人跟貓咪一樣亂搔自己的頭。

穿過正門，操場傳來孩子們的聲音。經過泳池旁側眼看著操場，兩人一起抬頭看校舍。校舍和他們在學時一樣完全沒變，懷念的景色與喚醒記憶的氣味，鞦韆、攀登架和雲梯也還在相同地方。

單槓好低。茉莉忍不住跑過去抓著想轉圈圈，但現在完全做不到以前能辦到的單槓翻轉了。

「小茉莉，妳動作太遲鈍了啦。」

「那你又怎樣啦。」

茉莉回嘴後，和人在她旁邊輕輕鬆鬆翻轉一圈。和人轉到上方抬起頭，伸直手臂低頭笑了。他輕盈的動作讓人不禁看入迷。

「單槓變好低喔。」

「那表示你長那麼高了。」

「啊，那現在應該可以辦到那個。」

和人從單槓上跳下來，跑到遊樂器材最裡面的高單槓旁。連最高的單槓，他只要伸長手就能抓到。

「抓到了。」

「男生都會用這個吊單槓對吧。」

「對，都會玩。體能測試時我和阿武兩個人拉個不停。」

「啊，我記得那個，結果是誰贏了啊？」

「我。」

「是嗎？原來阿武也會輸啊。」

「不好意思，我可從來沒輸給他過。」

「真的嗎？」

「真的！」

小時候覺得如天一般高的單槓，和人輕輕一跳又輕鬆翻上去，在上面伸直手臂。他從比剛剛更高的地方眺望遠方，茉莉從下面抬頭看他。

護網那頭響起擊中球的清脆聲音，轉過頭看，全身砂土的孩子們在操場上四處奔跑追著足球，或是揮動球棒。兩人有種在旁看著當年自己的錯覺。

茉莉想著當時的事。明天毫無條件地存在，今天總之就是開心度過。就算沒有錢，也有可以用這邊的遊樂器材玩一整天的神祕智慧，總是被包圍在有著無限廣闊世界的感覺中。

哪個才幸福呢？明白死亡的人類，與不明白死亡的人類。明明兩者時間流逝的速度相同啊。

「小茉莉。」

抬起頭，和人從上方朝她微笑。那是不知期限，悠哉且平穩的表情。

「天氣真好呢。」

「不覺得光這樣就很幸福嗎？」

「對啊……」

和人抬頭看天空，茉莉也抬頭看相同方向。

「好漂亮……」

光只是看到這個顏色就感覺幸福。

和人從單槓上跳下來拍拍牛仔褲笑了。兩人視線交會，茉莉也直率回笑。

「走吧，我有個東西想要讓妳看。」

和人說完拉著茉莉的手往校舍走。和人的大手完全包裹住自己的手，茉莉覺得他的掌心和天空一樣美麗。

感覺換鞋處擺放的鞋櫃好小，與穿襪子走在走廊上冰冷、堅硬的感覺都是新鮮的感動。走上樓梯，靜靜走入掛著三年二班牌子的教室中。

眼前的光景彷彿袖珍模型。桌子、椅子、書櫃和窗戶全都看起來好小。用力吸進令人懷念的空氣，茉莉像個孩子般興奮地跑到窗邊的位置坐下。裡頭擺著畫上動漫角色的道具箱的小桌子，有著用舊的木頭顏色。

「以前是這樣嗎？」

「全部都好小喔。」

「小茉莉的位子是那邊嗎？」

「不記得了，你呢？」

「我也不記得了，但我記得我沒有和妳坐旁邊過。」

和人說完在茉莉旁邊坐下。在不符合身體尺寸的桌上撐著下巴看茉莉。

「小茉莉以前喜歡誰？」

「小學時嗎？」

「我來猜，是阿武對吧？」

和人的答案嚇了茉莉一跳。

「你為什麼知道？」

「因為妳很好懂啊，從小就什麼都寫在臉上。」

「這樣啊，那阿武也發現了吧。」

茉莉起身，去看看後方櫃子上的金魚水族箱，或是抬頭看孩子們色彩繽紛的畫。後方黑板上寫著令人懷念的季節歌曲歌詞，看著歌詞哼歌，或是抬頭看上面貼著的歷史年表哀嘆自己記憶力的匱乏。和人的視線沒有離開她的背。

「不清楚耶，阿武很遲鈍嘛。那傢伙就是天然真的不知道自己很受歡迎的那種人。」

「他就是那種地方很帥氣啦。」

「昨天見到的阿武也是？」

轉過頭對上的視線讓她感到不自在，她又轉回後方的年表上。

「阿武就跟以前一模一樣，變得更帥，又很溫柔。而且他還記得我的夢想讓我有點感動。但是，已經不會這麼輕易就喜歡上他了。」

「為什麼？」

「初戀歸初戀，昨天歸昨天。」

「妳沒在那段時間墜入情海？」

「沒有那麼簡單就喜歡上人。」

雖然這樣說，但自己得知阿武有女友時的沮喪態度應該早就被看穿了吧。

「喜歡上一個人只要一瞬間吧。」

聽到椅子嘎啦拉開的聲音，轉過頭只見和人站起身。他穿過桌椅朝這邊走來，身邊的桌子和櫃子太小，讓逐步靠近的和人顯得更有壓迫感。和人脖子上項鍊的金屬片晃動互撞鏗鏘作響。

「那短短的時間已經足以喜歡上一個人。」

「我並沒有……」

「如果是曾經喜歡過的人，就更容易喜歡上他。」

金屬片匡啷一響，白色襯衫就在眼前，茉莉時至此時才終於意識到和人是個男人。她用力抬起頭，和人俯視著自己，茉莉一瞬間被他那從未見過的認真眼神吸引，無法動彈。突然對想要笑著轉換話題蒙混過去的自己感到羞愧。

該不會對和人來說不是在說小學時的事情，而是現在進行式……？那之後，身體熱度逐漸上升，連在心中獨白也辦不到。

但是，落在身體變得僵硬的茉莉頭上的，是他不急不徐的聲音。

「但是阿武已經有女朋友了，太好了。」

抬頭一看，和人露出黏人小狗般的表情笑著，茉莉的精神和身體瞬間放鬆。像是被和人將了一軍的感覺超級令人不悅，茉莉穿過和人身邊發出帶刺的聲音：

「什麼太好了，莫名其妙。」

腦袋不停妄想讓心臟仍劇烈跳動，後背也冒出汗水，就算只有一瞬間，她也不想讓和人發現自己很緊張。

「因為就只有阿武被小茉莉喜歡，讓人很火大嘛。」

茉莉反射性地嚇了一跳。和人突然抓住茉莉的手腕，意志強烈地拉著她往某處前進。

「幹嘛啦？」

茉莉被和人拉著走出教室，走進三年一班隔壁的教室後，和人放開茉莉的手朝裡面走。這是擺放木製桌子，充滿顏料、護木漆和木材氣味的美勞教室。和人帶著什麼目的似地走到正面白板後方去。

茉莉有點猶豫但還是跟著走，那邊有座直達天花板，擺滿畫材的櫃子。圖畫紙、彩色鉛筆、顏料、水桶、筆、黏著劑、墨水、雕刻刀等等的擺放其中。刺鼻的顏料氣味喚醒茉莉懷念的記憶。

和人把櫃子中的東西抽出來放在地板上。

「小茉莉，妳看這裡。」

和人坐在最裡頭的櫃子前，茉莉感到驚訝的同時，心中也湧出完全相反的奇妙期待感。

「這邊，妳還記得嗎？」

和人一手放在櫃子邊緣，另一手指著旁邊。探頭一看，茉莉嚇得抬起頭盯著和人。和人笑得彷彿惡作劇成功的小孩。

最裡頭的櫃子最下層還留著「茉莉」的刻痕，這格櫃子平常都擺著膠合板，小學時參加美勞社團的茉莉知道這裡絕對不會被發現。

茉莉小學時，趁著社團活動結束教室空無一人之時，就跟剛剛和人做的一樣，把高年級在版畫中使用的膠合板偷偷搬出來，接著在櫃子裡刻下自己的名字。因為她想要品嘗獨占她在學校裡最愛場所的感覺。

「還留著耶。」

「為什麼……為什麼你會知道？」

驚訝與遲了一步才出現的害臊感讓茉莉不知所措，接下來，和人彷彿輪到他表白祕密般地把自己放在櫃子上的手拿開。

「畢展要做版畫時發現的。我原本想找妳確認，但當時已經不同班了沒問到。但我好高興，好像發現了小茉莉的祕密一樣。所以我也刻了。」

「茉莉」的旁邊刻著「和人」的名字。

那不是茉莉那種雜亂的刻法，而是很漂亮的漢字。而且兩個名字之間還用馬克筆畫上愛的小傘。

「這是誰畫的啊。」

「不是你畫的嗎？」

「再怎樣也不會畫愛的小傘啦，我小時候還沒有那麼大的勇氣。」

和人手指撫過愛的小傘，茉莉看著他的指尖。

沒想到僅屬於自己的祕密旁邊，有著另一個祕密。

那時絕不曾並排而坐的兩人，現在肩並肩低頭看著彼此的祕密。

茉莉輕輕撫摸「茉莉」的文字，想起充滿夢想的當時讓她心胸發熱。一想到不該變成現在這樣的大人啊，讓她淚水差點奪眶而出。

「我真的很高興妳替我縫釦子，那天是我的初戀。我以前喜歡小茉莉喔。」

和人如天真孩童般瞇起眼睛溫柔說道。

「所以我想要坐在小茉莉祕密座位的旁邊。我們同班兩年都沒坐旁邊過，五年級之後就不同班了。但是我到畢業前，都一直喜歡著妳喔。」

和人的初戀從遙遠時空的那頭朝茉莉身邊靠近，純白如未曾遭任何人染指的新雪。茉莉溫柔地用雙手掬起，接著收藏進心裡深處。純真心意經過漫長歲月後，仍從內側溫暖茉莉的心。

「那時候的小茉莉，有著想要成為漫畫家的夢想真的很帥氣喔。是我的理想。」

「理想……阿和你的理想也太低了吧。」

「才沒那回事，我沒有夢想，也很不擅長畫畫、不擅長家政，所以很崇拜小茉莉喔。」

「所以才對阿武不爽嗎？」

「嗯，超級不爽。」

「但你們現在很要好呢。」

「升上國中之後，小茉莉在不知不覺中消失。我的初戀沒了結果。」

「我的初戀也沒結果啊。」

兩人一起聳肩笑了。

「啊，對了。」

和人突然想起什麼喊出聲站起來。接著從櫃子中找到雕刻刀組拿出來，用帶著惡作劇的眼神邀茉莉：

「來刻吧！」

「我也要刻！」

看見和人刻起愛的小傘，茉莉也拿起三角雕刻刀。

兩人沿著已經變淡的線條刻出愛的小傘。

「阿和，你手好笨！」

「我已經好幾年沒拿雕刻刀了，運用自如才奇怪吧！」

「說的也是！」

穿過窗邊雜亂堆積的畫材道具間射進室內的陽光，照亮空氣中飛舞的塵埃，如鑽石粉塵般閃閃發亮。茉莉邊感受著過去與現在融合的奇異既視感邊刻愛的小傘，當她得意忘形地在小傘旁邊刻上愛心時，和人開心地笑了。

「哇啊，好恩愛喔。」

「下一個發現的人會嚇一大跳吧。」

「會變成傳說，把名字刻在這邊就能兩情相悅之類的。」

「哇啊，好像隨處可見的少女漫畫。」

「妳喜歡那種？」

「喜歡！超喜歡！有呢有呢，有那種故事。」

仔細掃去碎屑後，茉莉提議拿手機拍下證據，但和人委婉地阻止了。

「這個讓它就這樣就好了吧。」

「但是機會難得啊。」

「我一直記著，所以這一次，小茉莉也好好記得就好了。」

茉莉又再一次注視刻在櫃子裡的愛的小傘後，收起手機。

「嗯，我會記得。」

到死都不會忘記，不會忘了這看起來很幸福的兩人。

收拾回原狀後走出教室時，聽到旁邊的樓梯底下傳來腳步聲讓兩人嚇了一跳。和人用眼神示意茉莉往另一邊的樓梯走，兩人壓低腳步聲轉身打算往另一邊走。

「有人在那裡嗎？」

樓梯底下傳來的大聲量讓茉莉不自覺停下腳步，和人慌慌張張抓住她的手。

「小茉莉，快一點！」

和人拉著茉莉就跑，「是誰、是誰」的驚呼聲確實從下方步步逼近。

「糟糕，校工在啊。」

當他們朝校舍中央的樓梯跑過去時，走廊最底端教室突然有個應該是老師的中年男子探出頭來，或許是聽見騷動吧。

「你們！在幹什麼！」

「小茉莉，這邊！」

和人用力拉著茉莉的手。後方有教師，校工正從下往上爬。之後想想，只要老實說是畢業生就好了。但在現在這種時代，不經允許就闖進校舍絕對更糟糕。

回到美勞教室，接著走出陽臺，頭也不回地衝下戶外安全梯。奔跑穿越一樓教室的外走廊衝到換鞋處，抓起脫下的鞋子，奔跑橫越足球場正中央，兩人慌慌張張跑出學校。

跑進學校附近的兒童公園後，兩人終於在攀登架旁停下腳步。

茉莉攀在攀登架旁，張大嘴巴努力吸足空氣，想讓呼吸困難的身體獲得氧氣，但沒辦法好好地吸氣讓她氣息混亂。身體劇烈上下起伏，她緊緊握住攀登架的鐵柱，試圖不讓意識渙散。全身血液驚濤駭浪般流回心臟，心臟不堪負荷，轟聲劇烈跳動。努力不讓自己倒下，努力不讓自己失去意識，努力想要撐過這一陣暴風雨，茉莉像攀住救命稻草般緊緊抓住冰冷鐵柱。

「啊——嚇死人了呢。」

跑到公園入口去看狀況的和人，用著絲毫不慌亂的聲音說。但茉莉無法回答，因為她還完全沒有辦法開口說話。

和人發現她不對勁了。為了不讓探頭窺探的和人擔心，茉莉努力抬起頭想露出笑容，但沒辦法好好擠出表情。

「小茉莉？妳怎麼了？」

「小茉莉？咦、呃……妳沒事吧？」

「……嗯……」

原本想拿出應付緊急狀況的藥盒來，但在不知所措的和人面前吃藥，他會怎麼想？茉莉的謊言包裝肯定會因此剝落，自己不再是東京上班族，而會變成只剩十年壽命的病患。不想面對這件事的茉莉收回伸往包包的手。

越是試圖讓自己看起來正常越不自然，當茉莉用力吸一口氣時，受喉嚨牽扯而全身痙攣，她好想哭，捲曲身體祈禱著快點恢復正常，別繼續惡化下去。痙攣馬上停歇，但額頭和後背冒出冷汗，只是稍微跑一段路就讓茉莉的身體完全失去秩序。

茉莉非比尋常的狀況讓和人伸出手，茉莉想要閃避時眼前一陣搖晃。

視線一瞬間全白，身體閃過或許是血壓突然降低的恐懼，無力支撐自己身體的茉莉只能倒在和人懷中。

茉莉無力倒下後，和人雙手接住她。但和人也失去平衡，兩人當場跌坐在地。這感覺糟透了，茉莉沒辦法抬頭看和人。

散亂的意識最後終於逐漸回到茉莉身上，如同四散的拼圖一片一片拼回來，茉莉也慢慢冷靜下來。血流速度回歸平穩後，臉上也恢復血色。茉莉慢慢抬起頭睜開眼睛，眼前和人的臉色比自己還糟糕。那個瞬間，茉莉領悟「啊，不行了。」笑容不曾間斷的他，現在正如恐怖片主角，用被恐懼控制的表情低頭看茉莉。

「對不起，已經沒事了。」

「沒事了……真的嗎？真的沒事嗎？要不要去醫院？」

「沒關係，我太久沒有跑步了。對不起讓你擔心了。」

茉莉想要起身時，和人立刻伸手扶她。那彷彿對待幼兒的戒慎恐懼力道讓茉莉不禁苦笑。

在附近的長椅上坐下後，和人仔仔細細地從上到下確認茉莉的狀況。接著說了「等我一下」後突然衝出公園。茉莉呆傻地目送他的背影離去，在「該不會是怕得逃跑了吧？」的最糟想法定型前，和人又氣勢十足衝回公園裡來了。

他牽著一輛胭脂色的老舊自行車。

上氣不接下氣的和人在目瞪口呆的茉莉面前站定，仔細盯著她一陣子後才終於放心地放鬆表情。

「妳的臉色恢復了。」

說完後拿起自行車前籃中的運動飲料打開拉環。

「我想妳補充一點水分比較好，留妳一個人在這裡真的很對不起，妳應該很不安吧。」

和人讓茉莉握住冰冷飲料罐後在她身邊坐下。

「謝、謝你……」

總之先道謝後，嘴唇貼上冰冷罐子。流過喉嚨的運動飲料擴散到冒冷汗的身體每個角落，好好喝。感覺血管擴張，血流也流得更通暢後，呼吸也變得更輕鬆。可以感覺身體變得輕鬆，大概脫水症狀也獲得改善了吧。名符其實的生命之水。

「阿和謝謝你，我輕鬆多了。」

「那就好。」

大概是茉莉的表情正如她所言吧，和人看上去安心不少。

「欸，那輛自行車哪來的？」

「妳還記得學校西門外面有一家雜貨店嗎？」

「……啊，那個很冷淡的老婆婆開的那家店？」

「對對。」

那家店是小學生們很愛聚集的地方，也鮮明留在茉莉的記憶中。

「那個老婆婆已經過世了，但店還在營業，我去跟那家店的阿姨借的。」

「為什麼？」

「等妳狀況再好一點，我騎車送妳回妳姐姐家，比用走的輕鬆吧？」

「咕嚕」，比運動飲料更甘甜更水潤的東西進到肚子裡，那濃厚的東西逐漸滲入身體深處。

充分休息後，茉莉的臉恢復平常的紅潤。所以她原本說著「自行車太誇張了啦」婉拒，但和人堅持不退讓。

（這也是當然，很少看見有人快要昏倒的狀況嘛……）

再次對自己的失態感到羞澀，茉莉不太情願地應允和人的提議，坐上自行車後座。

「要抓緊我喔，有點暈眩或不太舒服都要馬上說喔。」

「好，我知道了。」

當她環上和人的腰之後，前方傳來幹勁十足的聲音下令「出發」。

往前騎動的自行車在慢慢取得平衡之後，十分順暢地往前行走。

和人沿著公園旁的陰影緩緩前進，在春天應該會染上一片櫻粉的這條路上，片片鮮嫩的新綠在太陽光照射下閃閃發亮。抬頭一看，從層層交疊的樹葉間灑落的陽光閃爍地落在額頭和臉頰上。深吸一口氣，聞到新生嫩葉的馥郁氣味。

太陽光如聚光燈般照在兩人身上，緊緊跟著他們。進入住宅區後，四處傳來生活的喧囂聲。吸塵器的聲音、喊小孩的聲音、電視含糊不清的聲音。大概是剛開始煮午餐吧，也聞到飯菜香。看見在圍牆上縮成一球的貓咪張大嘴打哈欠，自己也自然流露微笑。

從住宅區轉進懷舊的商店街。

和搭汽車不同，街上的氛圍直接從身上滑過，就算沒親眼看見，也如粒子般融在空氣中，喚醒茉莉一個又一個記憶。

「那邊，那家賣現成小菜的馬鈴薯沙拉很好吃。」

「啊～我也喜歡，炸肉排也超棒。」

「那個塞滿高麗菜的？」

「對對！還有，妳去過那家銅鑼燒店嗎？」

「有！我爸偶爾會買回家給我們，那超開心的耶。啊，那邊的章魚燒店已經關起來了啊。」

「老奶奶好像很久之前過世了，已經關很久了。」

「這樣啊，很好吃的耶～」

「小茉莉，妳吃的就記得很清楚耶。」

前方傳來和人的笑聲，讓茉莉害臊起來。但是，記憶這東西只要解開糾纏在一起的一個線頭，其他記憶也會跟著被解開，隨處可見年幼時期的自己。

「現在站前開了大型超市，到這邊來買東西的人也少了。而且開車一段距離就可以抵達購物中心。」

「這樣啊……總覺得有點難過。」

「小時候這條商店街看起來那麼像夢幻樂園呢。」

茉莉很同意和人說的話。

彷彿穿梭懷念回憶的時光後走出商店街，看見就在桔梗家附近的國中校舍。

在此茉莉突然發現。

（今天，就這樣分別了……？後天就要回東京去了耶？）

彷彿懷念的電影突然切斷，茉莉眼前一片黑。就在剛剛才被滿足的部分，如退潮般被包裹在寧靜中。彷彿在轉涼的冷風中，看著並排在盛夏海邊的海之家被拆毀的不安心情在茉莉胸口擴散。

「分別」這句話的重量帶來令人詫異的不捨。

此時，學校鐘聲高聲響起。彷彿追隨鐘聲，市公所類似警報的鐘聲也跟著響起。這是通知大家正午時間到了。

「欸，阿和。」

茉莉從背後拉了拉和人的衣服，和人停下自行車轉過頭。

「還不舒服嗎？」

「不是啦，那已經不用擔心了。那個啊，總覺得……」

茉莉有點不知所措但還是下定決心說出口：

「你會不會肚子餓？我們一起去吃飯吧。」

和人彷彿聽不懂茉莉在講什麼，呆傻地盯著茉莉一會兒後，這才大叫：「去、去吃飯吧！」

讓茉莉在附近的神社下車後，和人騎著自行車去買午餐。

茉莉出乎意料的提議似乎讓和人有點困惑，而茉莉也對自己說出口的話很是困惑。

這沒有常駐宮司的神社是小學生放學後的遊樂場所，他們回家後就是結束社團的國中生們聊天的地方。茉莉低年級時也常在這邊玩跳橡皮筋，也玩過捉迷藏和踢罐子。這裡也是孩子們的「夢幻樂園」之一。

神社境內的銀杏綠葉隨風沙沙搖擺，側耳傾聽這個聲音委身風中，接著和人終於回來了。

他把熟食配菜和飯糰擺在兩人中間。

「如果妳想吃清爽一點的東西，我去超商買果凍之類的。」

「沒關係，我想吃這些。」

茉莉指著懷念的味道開心地笑了。

但奇怪的是，孩提時以為世界最好吃的馬鈴薯沙拉，和放了滿滿高麗菜的炸肉排都沒有記憶中那麼好吃了。

「是店長換人了嗎？」

「這表示小茉莉長大了，因為妳知道太多比這更好吃的東西了。」

「是這樣嗎……」

「就是這樣。」

「但像這樣在外面吃感覺真美味呢。」

茉莉張大嘴巴咬下飯糰。

「看妳這麼有食欲，妳的身體似乎沒問題了。」

「已經完全好了，謝謝你擔心我。」

深深一鞠躬後，和人滿足地微笑著咬了一口炸肉排，響起現炸的酥脆好聲音。邊交換回憶說些懷念的話題吃完食物後，感覺和人就要說出「那回家吧」，茉莉努力繼續說話試圖阻止他。

「話說回來，剛剛沒被逮到真是太好了。最近果然不可以隨便跑進小學裡，恐怖的事件太多了。」

「他放假日幾乎都跟在棒球隊身邊，所以我才以為就算跑進校舍裡也不會被發現。」

「你連校工的動向都清楚嗎？」

「我說了啊，這邊是我的散步路線。」

茉莉傻眼地笑完後，和人一臉認真地自言自語說：

「要是我別急著逃跑，好好跟他解釋就好了。這樣一來就不會讓小茉莉那麼不舒服了。明明就只是一點小事情，我卻焦急怕事沒辦法好好判斷。」

說完後沉默不語，茉莉焦急著想要改變這陷入沉重沉默的氣氛。

和人正在思考些什麼的側臉，看起來像因為這件事觸發了什麼，打開和人心中和平常不同的門。

「阿和，我真的很健康，所以別在意啦。」

「不，嗯……」

「你也看到我吃很多啊。雖然說著味道變了，但我也把馬鈴薯沙拉和炸肉排全部吃光了，連甜點的銅鑼燒也吃得一乾二淨，如果章魚燒店還開著，我肯定連章魚燒也全部吃光。」

「小茉莉的食欲還真旺盛呢。」

「因為我是貪吃鬼嘛。」

茉莉聳肩一笑後，和人也露出重新振作起精神來的表情。不想讓和人沮喪，所以趁著決心尚未消退前憑衝動問出口：

「你有什麼在意的事情嗎？」

發現這句話讓和人的氛圍起了微妙變化。原本就要恢復輕鬆的氣氛又變得沉重。但這次和人沒有獨自消沉，茉莉緊緊握住他的手，用「我隨時會拉你一把」的眼神注視和人。

茉莉靜靜等待躊躇不語的和人。

最後，和人慢慢一句一句吐出口的，是他相當隱私的事情。

「我家人常常說我根本沒在看身邊的人，所以我這次也沒發現小茉莉的狀況，就是所謂的小事看大啦。」

和人粗暴地搔亂頭髮，摀住臉苦澀地說：

「我是在被旁人叫做『神童』中養大的。」

身為茶道家族長男的和人，在身邊人們的眾所期待中長大。其中最寵愛他的才華的就是身為家元的父親。

「但我在滿十歲前崩潰了，是叫做恐慌症吧，神童崩潰了。」

和人露出自嘲笑容輕蔑說道。

和人小學二年級時，在精神科醫師建議下，離開都市來到母親老家的這個城市，而且他現在仍住在這裡。

「已經不碰茶了嗎？」

茉莉小心翼翼開口問。

和人無意識地摩挲著下顎，眼睛看著遠方。最後才像是追尋記憶般開口說：

「所以，我很羨慕可以那樣專心作畫的小茉莉……因為我沒有辦法那樣專心在練習上。」

彷彿看見小學時的自己被帶到眼前來，茉莉非常害臊。

「所以啊，我到目前為止嘗試了很多事情，想知道自己能不能喜歡上什麼事情。嘗試了各種運動，大學也突破研究室藩籬貪婪學習。雖然有能力留下一定的成果，但最後沒一件事情堅持下去，全因為我沒辦法像當年的小茉莉一樣沉迷其中。」

「你別把小孩子的沉迷當作指南啊。」

茉莉傻眼地說，但和人抬頭挺胸回答：

「我就說了妳是我的憧憬啊。」

茉莉回想起作品沒得到好評的事情後低下頭，穿過樹葉灑落的日光閃閃發亮輕巧地在腳邊跳舞。對和人說謊的罪惡感緊緊束縛心胸。

「我也想要找到能讓我那樣的事情。」

「如果那是茶道就一切完美了。」

茉莉順口說完後，立刻想到說錯話了。和人一瞬間露出交雜深刻哀傷與苦惱的表情，在茉莉開口道歉前，和人先從長椅站起身，用力伸展身體後，面向天空。

被閃躲了？惹他生氣了？他是不是覺得我很沒神經？被討厭了？……感覺背後竄過一陣顫慄。

沒辦法繼續看著和人身穿白襯衫的後背而低下頭，這股衝動讓茉莉鼻子深處一緊。

被想哭的自己嚇一大跳，慌慌張張緊緊捏住鼻尖。茉莉用盡全力告訴自己「明明沒發生任何讓人想哭的事情啊」。

因為他太溫柔就得意忘形，因為他說自己是憧憬就自以為了不起地說話了。那真的很抱歉，但這不是會讓人想哭的事情。身邊的女人突然哭泣，就算是和人也會覺得困擾，這才更會讓他警戒著下次不能再約出門了。

思考至此茉莉才發現。

反正自己都要回東京，不管怎樣大概再也沒機會與和人這樣說話了。

因為參加同學會、回小學去等沉浸在過往的時光中讓她都忘了，現實中的兩人住在不同土地上，走著不同的人生。就連現在，與和人互相交疊的時光也像是在對彼此過去的答案。

手放開鼻子，已經不痛了。

「對不起，讓妳聽我說這麼多。」

和人轉過頭來若無其事地坐回長椅上，茉莉沒和他對上眼，手輕輕地在大腿上擺動著說：

「不會，謝謝你對我說這麼多。」

「應該搞不太懂吧，神童或是家元什麼的。」

「確實有種不同世界的感覺，我搞不太清楚……但是，我覺得好像有點懂。」

大概是對茉莉的回答感到意外，和人探頭看著茉莉的臉。發現和人的視線而轉過頭，和人表情超乎想像認真注視著茉莉。茉莉慌慌張張地整理腦海中四散的隻字片語：

「……我只是個凡人，但我懂那種不上不下，找不到歸屬的感覺。」

「小茉莉明明是個有歸屬的人耶？」

「阿和沒有嗎？」

茉莉一回問，和人便閉上嘴。

看著和人思考著什麼的側臉，茉莉呆呆地想著，今天道別後就無法再見面了吧，但肯定是這樣比較好。如同把幼年的回憶全部放在這裡一樣，把今天發生的事情放在這裡後就回家吧。如此一來，又能過上一如往常的日常生活。彷彿想替換心中零件而用力抬起頭，閃閃發亮的日光在茉莉的臉頰上跳動。

「啊～啊，好麻煩喔。」

和人彷彿想要拋掉一切深深癱在長椅上。

「全丟下不管了啊。」

「真羨慕小茉莉，妳工作很開心對吧？那好厲害，真幸運。幸運的人大多都不會發現自己有多幸運。」

「說的是。」

這是毫無虛假的認同。

朝夏日前進的風舒服地包裹兩人，但沒辦法也為心靈帶來健康的心情。

到底要得到什麼，才能消除感到不足的焦躁心情呢？懷抱的焦慮明明和青春期相同，卻已和當時完全不同。二十五歲無法得到任何人同情，在這早已可稱為大人的年齡，原本無限多的選項也在不知何時變得寥寥無幾。自己只能在這之中選擇將來活下去的道路。

「真的好麻煩喔……」

脫口而出後，和人嚇了一跳。

茉莉到最後都沒對和人提自己的事情。

就這樣在兩天後回東京。回程是雨天，車窗外的建築物隨著東京逐步靠近也越變越高，綠意慢慢消失變成黑白色調。平常應該更加清晰的景色變化，也因為被雨水模糊，彷彿太多水的水彩畫般糊成一片。這個城市的匿名性明明比那個城市更高，層層堆疊的東西卻從倒映在被雨水打溼的玻璃窗上的臉上斑駁剝落。

完美演繹了東京上班族。站上被雨淋溼的月臺，虛無感從茉莉身上抽離。下一秒，安心感柔軟地包覆她的身體。

不會再和阿和見面了。不見面比較好。

因為我不會喜歡上任何人。

眼睛一閉上便立刻浮現在眼前。這種事情讓現在的我好不舒服。明明我只需要留下美勞教室的回憶，其他什麼都不需要啊。

要是不碰見他就好了。

但是，我已經碰見他了。

11

只是一點好奇心。但立刻對因為區區好奇心而跑去偷窺和人苦惱的自己感到羞愧。

茉莉回到東京後，替自己找個「買布順便」的藉口，上網查了和人老家後跑去偷看。

明明位於神田這市中心位置，那莊嚴聳立的樣子彷彿只有這裡時間流逝的速度不同。包圍在綠色寂靜中的和風建築大宅有穩重的魄力，讓人想像出刻在其上的歷史以及住戶的高貴。

抬頭看掛在厚重門柱上的「桐庵流」招牌時，茉莉想起和人憂鬱的側臉。在門前站了一陣子後聽到女性們的談話聲，茉莉慌慌張張地假裝是路過行人。雙手緊握著剛買的布，與一群打扮高雅的婦人擦身而過。用著不喧嘩的聲量開心聊天的她們，走進背後那扇門內。是學生嗎？茉莉停下腳步再次回頭。

和人有天會站在那些人的頂端嗎？那個人有辦法操持這麼大的家嗎？雖然不知道茶道是怎樣的世界，但從大宅醞釀出的威嚴就可得知，那絕非簡單之事。

確認手機來信，又不是沒有訊號，如果有來信當然會發現，既然沒有鈴聲那就是沒有來信。最先不回信的人是自己。明明是自己設計讓對方不能回信的，沒收到信又讓她難過，這真是矛盾。

她回到東京後，立刻又看了一次查美幸家地址時，拿出來後就放著的畢業作文集。

和人的臉比她模糊的記憶還精悍。穿著可能是茉莉縫過鈕子的白襯衫與黑色長褲，一副就讀私立學校小少爺的打扮，在鄉下小學生中明顯格格不入。長到遮耳的黑直髮少年，光外貌就創造出異於旁人的氛圍。讀他的畢業作文，上面寫著將來想當太空人。還建立怎樣才能當上太空人的明確計畫，且在「為什麼想做這個職業？」的問題欄中，用漂亮的字明確寫上「因為我想要在空中飛翔」。看見神童的紀錄後不禁湧出笑意，讓茉莉發出與和人相處那時相同的笑聲。

傲氣又成熟的小孩，比初戀的阿武更讓茉莉感到愛憐。

在群馬的那幾天，是宛如發病前回憶的燦爛記憶。

又一個夏天來臨，茉莉滿二十六歲了。

時間轉眼間流逝。

每年生日時家裡總會飄散桔梗烤蛋糕的香氣，但今年不僅沒有甜蜜的氣味也沒有熱鬧的聲響，家裡相當安靜。

將活動用的原稿大致完成一個段落後，家裡的電話響了。抬頭看時鐘，已經七點了。螢幕上顯示群馬縣的電話區碼，以為是親戚來電的茉莉慌慌張張接起電話。

「喂，這裡是高林家。」

『那個，我叫真部，請問茉莉小姐在家嗎？』

雖然語調和推銷的制式電話差不多，但茉莉立刻發現那是和人的聲音。他明明知道自己的手機號碼，還打電話來家裡是犯規吧。根本無處可逃。

「那個……是阿和嗎？」

『小茉莉？』

和人的聲音。睽違三個月的「小茉莉」讓她胸口一緊。

『妳過得好嗎？對不起，突然打電話。』

「不會，你怎麼會知道我家電話。」

『我前陣子偶然碰到妳姐姐，然後就……先別說這個！小茉莉，生日快樂。』

肯定是偶然碰到姐姐，然後問出家裡電話吧。桔梗是個毫無戒心的人，聽到他說是小學同學，肯定立刻告訴他了。

和人大概知道茉莉不會接手機，才會特地問出家裡的電話打來吧。

從和人緊張地快速說話的語調感受到他的不安與不知所措，茉莉的胸口因罪惡感疼痛。

『妳今天生日對吧？啊，這不是我記得的，只是我找到小學的畢業作文集，然後看到上面有寫。』

「……嗯，這樣啊，謝謝你。」

『嗯。』

「因為你的生日是七夕才看到的？你寫了你將來想當太空人呢。」

『妳也看了？是啊，我現在來去參加訓練好了。』

「感覺你真的能辦到，太恐怖了。」

茉莉一笑，電話那頭的和人也笑了。

『茉莉果然寫著將來想當漫畫家。』

「是嗎？」

『嗯，啊，妳已經下班了對吧，工作辛苦了。』

「啊、嗯，今天比較早結束。」

『生日當天不能一直工作嘛。』

「對啊。」

和人毫不懷疑相信她的謊言。和人對公司和工作這些組織結構都不清楚，他不覺得生日晚上七點待在家裡的上班族是個寂寞的人嗎？

『小茉莉，妳現在在幹嘛？』

「那……個……我才剛剛回到家。」

『這樣啊，那待會兒要和家人一起慶祝生日吧。』

「已經不是那種年紀了啦，生日一點也不值得慶祝。」

『是嗎？二十六歲的生日只有一次，好好吃個蛋糕，讓家人替妳做大餐啦，有收到禮物嗎？』

現在可能已經沒有了，但和人肯定會讓奶奶替他買蛋糕，幫他做大餐還收生日禮物吧。一想像那個看起來很高傲的小孩很開心的樣子就想笑。

「朋友送我ＤＶＤ，還有桔梗……我姐姐送我戒指和花。」

『是喔，怎樣的？』

「鑲上橄欖石，我的生日石的戒指和茉莉花。」

『哇～聽起來好棒，妳姐姐真好。和她說話時也覺得她是個超親切的人。』

「對吧對吧，我也會在姐姐生日時送她桔梗花，感覺已經變成例行公事了。」

『那聽起來真棒，妳們姐妹感情真好。』

和人的聲音近在耳邊搔癢她的耳朵，興奮的語調震動她的心。熱氣悶在沒裝冷氣的起居室裡，光站著都讓她冒汗。茉莉當場坐下把臉埋在雙腿間。

『小茉莉，盂蘭盆節過後可以見面嗎？』

和人的提問嚇得茉莉抬起頭。

『我盂蘭盆節會回東京。那段時間得一直待在家裡才行，但十八號過後可以見個面嗎？公司那時已經開始上班了嗎？』

「沒問題！我盂蘭盆節要上班，所以反而剛好……」

『真的嗎？太好了，那我再聯絡妳。』

「傳訊息給我，我等你。」

『嗯，謝謝妳。』

輕而易舉打破了不停告誡自己不見面比較好的心情，這份罪惡感讓苦澀在心中擴散。但是，能見面的甜美喜悅凌駕於其上。

「謝謝你打電話給我。」

『因為生日只有一次啊。』

「說的也是，謝謝你。下次換我在七夕時打電話給你。」

『真的嗎？那我拭目以待。』

一年後，不管兩人變成怎樣，絕對都要對他說生日快樂。茉莉心想，如果還能再說四次就好了。

在遭宅宅們前後左右夾擊中，也讓為了這天花好幾天時間製作完成的服裝亮相，盡情享受活動一番。和同伴們大聲歡笑，互相拍了非常多照片。

「茉莉，最近狀況超好耶。」

結束活動後的聚餐散會後，茉莉和沙苗兩人搭乘同一班電車。

「出書的步調很棒，做角色扮演服裝的手藝也變好了。」

「愛啦，是愛。」

「茉莉也變成宅宅了呢。」

「哇，別用那種說法啦。」

看見茉莉皺眉，沙苗格格發笑。

「但是算了，反正很開心。」

「就是啊，人生中，開心的才是最後贏家。」

「沙苗，妳到目前為止有沒有煩惱過將來，或是煩惱有沒有什麼開心的事情，然後感到很煩躁之類的啊？」

將近末班車的車廂中，筋疲力盡的上班族和玩得筋疲力盡的學生無力癱在座位上，充滿懶散的氣息。身邊的沙苗眨眨眼睛說：

「我也有啊。」

「是喔。」

「當然，我也是相當煩惱耶。陷入低潮無法掙脫時很痛苦，沒辦法做出理想中的服裝時也很焦急。而且啊，偶爾也會想可以一直這樣下去嗎？」

微醺的沙苗性感地嘆一口氣。毫不在意地翹起穿迷你裙的雙腳，腳尖勾著涼鞋晃來晃去繼續說：

「我也二十六了耶，身邊人們都結婚，還生了小孩，就算這樣很開心，但真的可以一直這樣下去嗎？」

「會想要，很確切的東西嗎？」

沙苗用眼神回應茉莉的提問。茉莉盡可能語調輕鬆地說：

「像是結婚，或是工作……」

「這個嘛，我自認為已經從父母身邊獨立了，但也搞不太清楚自己現在的定位在哪耶。雖然很開心，但只要一獨處總會感到哪裡很不安。妳呢？」

「我每天都是。」

茉莉一笑，沙苗在理解其中意思後輕輕回笑。

眺望著彼此倒映在車窗上的臉，沙苗把頭靠在茉莉肩上。

「如果有交往對象，或許會想著結婚應該會比較輕鬆吧。因為只要結婚，總之就能從這種煩惱中解脫啊。但結果，以為會變輕鬆的婚姻變成現實後，大概還是會痛苦得讓人想逃跑，所以也想現在這種自由自在比較好。」

「好搖擺不定喔。」

「很搖擺啊。哎呀，雖然只是假設，但還是很搖擺。」

沙苗看著腳尖的指甲油輕聲說。雖然沒有確切證據，但總覺得她說話的方法令人在意。

「妳該不會有對象了吧？真的只是假設？」

茉莉一追問，沙苗白皙的臉頰瞬間轉紅。

電車到站，兩人下車後又在月臺上的長椅坐下。溫和的風在夜深無人的月臺上吹拂，彷彿想要安撫白天燒灼的水泥地。白日的喧囂遠離，此處充滿寂靜。

「我不是喜歡他喔，但他說他喜歡我讓我很煩惱。他人很好，對電腦也很熟悉，所以我們很聊得來，一起去吃飯也不會累。」

「這部分很重要。」

「妳覺得我要和他交往看看嗎？」

沙苗將燙捲的頭髮往耳後勾，轉過來看茉莉。這和她白天身穿女主角的服裝，自信滿滿的燦爛笑容完全不同，害臊說話的沙苗露出孩子般不安的表情。

「在一起很開心的人，有很大的機率會喜歡上對方吧。我覺得試著交往看看也不錯。」

「和男生交往還有辦法兼顧原稿嗎？」

沙苗像攀住救命繩索般問茉莉，茉莉大笑：

「靠愛啊！只要對十字局有愛就辦得到！」

「是嗎？」

「就是！總之，如果不開始就什麼也不知道。要是面臨趕稿地獄我會幫妳啦！」

「茉莉！妳人好好！」

「因為沙苗是我的師父啊！」

沙苗一臉獲得解脫的表情緊緊抱住茉莉。夜風吹過兩人腳邊，從些微冰冷的風中可窺見秋天的氣息。

「沙苗。」

「嗯？」

「加油。」

茉莉拍拍沙苗穿細肩帶上衣的背，低聲細語。

兩人一起站起來，像孩子一樣手牽手。希望溫柔的她的戀情可以一切順利。用涼鞋踩碎欣羨，茉莉緊緊握住沙苗的手。

我總是祈禱現在這一瞬間可以實現所有願望。

所有事情都得自己選擇自己前進，明明在有過好多好多痛苦經驗，受過傷後明白了，心情卻遲遲無法轉晴。得到一切的人到底看見什麼呢？

我到底想要什麼？

啊，是時間啊。明明是最不需要的東西，卻浮現這個選項。與之同時浮現那個人的笑容。

不可以執著於性命。

因為要是害怕死亡，我就再也無法歡笑了。

12

盂蘭盆節過後，城市恢復正常步調時，茉莉與和人在東京再見面了。

身穿白色T恤戴水藍色棒球帽的和人，大幅剪短頭髮露出明顯的下顎線條。即使車站人潮洶湧，即使他換了髮型，茉莉還是一眼認出和人。他仍是沒有多餘脂肪的苗條身材，但曬得有點黑看起來健壯許多。

「小茉莉，好久不見！」

整齊排列的潔白牙齒，他的酒窩令人懷念。

新買的連身洋裝和高跟涼鞋，是從頭到腳都仿照雜誌模特兒的穿搭買的。

「好熱喔——！」

「要去哪家店坐著嗎？」

「去喝些什麼吧，然後在東京觀光。」

「觀光？你也是東京人吧？」

「那小茉莉，妳自己去過淺草或東京鐵塔或新宿御苑之類的地方幾次？」

「沒去過……」

「那我們走吧。」

和人滿足地笑了。

雖然盂蘭盆節已經結束，但還在放暑假的街上人潮洶湧，兩人邊避開人群，時而貼近時而拉遠地走著。

「你哪時從群馬過來這邊的？」

「嗯～十號左右。」

「一直待在家裡？」

「對，有大型茶會，我在後面幫忙。只是幫忙做雜事超無聊，但反正我什麼也做不到，也是沒辦法啦。」

腦海浮現那棟沉重的大宅。他會不會又因為壓力搞壞身體啊？曾親眼看過大宅讓茉莉過度想像，心裡後悔著「果然還是不去看就好了」而消沉不已。

兩人到淺草吃蕎麥麵，跟校外教學的學生一樣逛禮品店，在淺草寺裡沐浴白煙。登上東京鐵塔，一起從上眺望變成迷你模型的街道，一起看著與視線等高的天空。盛夏天空比在群馬抬頭仰望時藍得更加鮮豔，萬里無雲。毫無迷惘的盛夏藍天讓茉莉的心一點一滴放晴，但晴朗更勝天空的和人笑容撫慰了茉莉的心。

和人語調興奮地說著有趣的話題惹笑茉莉，「在一起很開心的人，有很大的機率會喜歡上對方吧……」自己對沙苗說過的話在耳邊響起。

只要與和人在一起，不知不覺中眼中全是他。只看得見他，連自己都會遺忘。茉莉拚了命拉住差點就要消失的自己。

在新宿御苑裡悠閒散步時，看見一個男孩在樹陰下寫生。畫板、黃水桶、藍色顏料包。大滴汗水在他專心描繪生氣蓬勃綠意的臉頰上閃閃發亮。

「你好厲害，是暑假作業嗎？」

和人蹲下隨口和他說話，男孩一臉訝異，但在看見和人溫和的笑容後乖乖點頭。

「加油喔。」

「謝謝你。」

「要記得喝水壺的水喔。」

大概是母親也交代了相同的事，男孩這才想起來，拿起擺在一旁的水壺又對和人說謝謝。

「真令人懷念呢，寫生。」

「以前很常做呢，好像還去過動物園……」

「去過！我當時畫長頸鹿。」

「小茉莉畫得很棒，總是被貼在走廊上。」

「我可是一直都是美術社的耶。」

「是這樣啊！妳果然一直都有畫畫！」

在綠意中漫步，和人語調興奮地開心說道。

「其實啊，我有畫過漫畫。但拿去出版社後被編輯說不能用，他說我的漫畫沒辦法變成商品。」

「真的嗎？」

「嗯，斬釘截鐵。之前阿武講到漫畫時我忍不住說了謊，其實我也試著做了那種事。」

「很厲害啊！」

和人停下腳步。茉莉也在草坪正中央停下腳步。

「但是不能用耶。」

「妳已經放棄了嗎？」

被和人的眼睛捕捉到，茉莉欲言又止。

「別放棄啦。不可以輕易放棄能做到這種地步的事情，不可以放棄喜歡的事情。」

和人表情認真地明確說道。

「……謝謝你。」

怎樣都會被他吸引。

茉莉用力踩牢穿著高跟涼鞋不穩的腳，為了不讓自己隨便掉進不可以陷進去的地方。

等到夕陽西下，氣溫變得舒適許多後才離開御苑走回街上，在時髦的咖啡廳歇息後，和人這才想起什麼似地開口問：

「啊，小茉莉明天有空嗎？」

「明天？還真是突然耶。你總是很突然。」

「對不起，我不看日曆過生活，不小心就……」

「有空啊，要幹嘛？」

「明天要不要去海邊？」

和人手肘撐在小小的桌面上，表情燦爛。

「我要去玩衝浪，從高中起就玩在一起的衝浪伙伴現在在鎌倉，所以小茉莉要不要一起去？」

「我不會衝浪啦！」

「不會要妳衝浪啦！只是說要不要去海邊玩。他們人都很好，我覺得應該可以處得很好。」

和人的聲音很雀躍，茉莉轉動蜜桃氣泡飲料中的冰塊。

「我又沒泳衣……」

「真假！那我們現在就去買吧！讓我替妳挑！」

「不要！」

「讓我替妳挑可愛的泳衣嘛。」

這殺無赦的療癒笑容阻擋了茉莉的反駁。

「不可以嗎？」

別用那種表情問啦，笨蛋！一口氣喝完剩下的蜜桃氣泡飲料後，茉莉也只能點頭了。

百貨公司的泳衣賣場比其他區塊還熱鬧。和人如同闖進玩具賣場的孩子般興奮地四處張望。要是一個不小心走散了，傷腦筋的應該會是和人，茉莉只好跟在和人後面走。

「這個呢？」

「不要。」

「那這個呢？」

和人手指的泳衣全都是很性感的設計，茉莉根本不敢穿這類泳衣而從頭拒絕到尾，所以遲遲無法決定。

「這個呢？很可愛耶。」

清新水藍的比基尼泳衣是茉莉喜歡的顏色，白色綁繩也很可愛。看見茉莉伸手讓和人露出燦爛笑容。但下一個瞬間，茉莉彷彿觸電般抽回手。

拋下和人衝出泳衣賣場。和人慌慌張張追上突然轉頭就跑的茉莉。

「小茉莉？怎麼了，小茉莉！」

茉莉彷彿要閃躲和人的聲音小跑步跑到手扶梯旁，穿梭過人群往樓下跑。一口氣穿過一樓的化妝品賣場衝出百貨公司時，和人抓住茉莉。

和人與其說驚訝，更該說是緊張地低頭看茉莉，似乎正拚了命思考自己是不是又搞砸了什麼，而茉莉用混亂的大腦思考該怎麼應付過這個場面。

「對、對不起……」

「沒關係，怎麼了？我……」

「不是，不是你的錯。只是我突然想起我有急事，得回家了。」

「咦……啊，那明天……」

「對不起，明天也不行。我忘了我有事，對不起。」

想要開口安慰明顯失望的和人，但光自己的事情就耗盡所有精力的茉莉一句話也想不出來。

緊咬雙唇壓抑自己的驚惶失措，拚命壓下爭先恐後冒出的淚水，胸口竄過一陣被銳利物品刺中的劇痛。

「我送妳回家。」

「不用……」

「不，我要送妳。」

和人就這樣拉著緊緊抓住的手走出百貨公司，在沉默尷尬的氣氛中買了車票搭上相同電車。茉莉坐在邊邊座位，和人站在門邊。

茉莉戰戰兢兢地抬起視線，和人雙手抱胸看著劃過車窗外的燈光，他僵硬的表情失去了平常的柔和。溫熱的水珠滴在洋裝上，茉莉慌慌張張用手指拭去。

下車走過剪票閘口。「哪邊？」和人問完後，茉莉用手指了方向，和人先邁出腳步，茉莉步履蹣跚地跟在他後面。

站前的小小商店街早已悄然無聲，彎進母親常來的時裝店旁的小路，一條路燈昏暗的路往前延伸。抬頭看見和人的背，和人就在平常總是獨自步行的路上，感覺相當不可思議，是很特別的景色。

「已經可以了，我家快到了。」

「沒關係，我送妳到家。」

「那邊小路很複雜，你可能會不知道怎麼走回車站。」

「那小茉莉可以送我回車站嗎？」

和人轉過頭來，僵硬的表情逐漸變得柔和，他瞇起眼睛說：

「別擔心，我不是路痴……謝謝妳。」

這份天真的溫柔，現在覺得好殘酷。

走到門牌前，和人抬頭看著昏暗燈光照射下的家。

「哪個是小茉莉的房間？」

「咦，你又說那種和跟蹤狂沒兩樣的話。」

「啊，對不起。」

「二樓那間有陽臺的房間。」

手一指，和人抬頭看過去。

「小茉莉一直住在這邊啊。」

「咦？」

「離開群馬後一直在這邊吧。走過剛剛那條路，回到這裡來。」

「阿和，你真的要變成跟蹤狂了。」

茉莉噴笑，和人露出「糟糕了」的表情。

「你真的好單純，講話跟國中生一樣。」

「只是讓人見笑而已吧，話說回來，我平常可不是這樣，也不會問別人房間在哪，我是在幹嘛啦。」

「因為你知道我們的小時候，所以才會回到過去吧？」

茉莉格格笑個不停，和人也苦笑著聳肩。

如果也能說著「掰掰」走進家裡，然後明天學校見就好了。二十六歲的自己真是太可恨了。不知能不能約定下次見面，兩人都不敢開口。

「明天玩開心點喔。」

「嗯，下次有機會一起去吧。」

「在那之前夏天會先結束啦。」

「我秋天也還會玩衝浪，到了冬天還可以玩滑雪板。」

喜歡戶外運動的人真讓人傷腦筋，淨是出些難題，茉莉不禁苦笑。

「今天謝謝你，我玩得很開心。」

「我也是，第一次看見東京的美好。」

「你沒打算回這邊住嗎？」

「妳希望我待在這邊嗎？」

和人眼睛露出惡作劇的笑意。

「今天要回老家嗎？」

「不，我要去住我朋友那。」

「沒事吧？」

「妳別和我媽問一樣的話啦。」

和人搔搔頭。

「問『沒事吧』比被罵更令人難受。」

「……這樣啊，對不起。」

「不會。只是，我覺得我果然很不可靠。」

「我沒有那個意思……」

「嗯，我知道。」

茉莉看過和人這個淡淡的笑容，那和在醫院裡差點喊出「我很不好」的自己重疊。就算想大喊也沒辦法對任何人喊出口，所以總是這樣笑著蒙混過去，茉莉好想要擁抱和人。

「……下次，什麼時候能見面呢？」

「這個嘛，總有一天吧。」

「妳不會來群馬找妳姐姐嗎？但沒有辦法說來就來嘛。」

和人像是現在才想到似地說，茉莉無力地扯開笑容。

「再來群馬吧，阿武也很想見小茉莉。」

「嗯。」

「再見。」

「今天真的很謝謝你，我等你的訊息。」

發現自己對著轉過頭去的和人說話的聲音充滿不捨時，茉莉僵直身體，和人看見茉莉的反應揚起嘴角。

「妳再說那種話我就要追妳了喔。」

「咦……」

「謝謝妳陪我，改天見。」

和人隨口說完後轉過頭，在昏暗的道路上小跑步離去。茉莉呆呆地看著他的背影。

進入家門後母親說著歡迎回來前來迎接她，母親還說洗澡水已經燒好了，茉莉直接朝浴室走去。

在更衣室脫掉衣服，一拉開為了今天而買的銅氨纖維洋裝的拉鍊，洋裝滑落腳邊。和鏡中只穿內衣的自己對上眼。

鏡中的身體從乳溝到腹部，以及左側腋下到背部，有著彷彿用日本刀砍出來的傷疤。脫下內衣一絲不掛後，醜陋的身體顯露出來。

對得意忘形想拿起比基尼的自己感到羞愧，備受自虐心情欺負。

第一次動手術後，比起病況完全沒有好轉，身體留下大型傷疤更讓茉莉大受打擊。醫師提議動第二次手術時，茉莉頑固地拒絕讓身邊的人傷透腦筋。她無法忍受自己過去曾受到誰喜愛的身體被刻下傷痕。

安撫茉莉的是資深護理師。病況可能正朝好的方向發展啊，這點傷算什麼。對著才剛滿二十一歲的她說：「就算留下傷疤，能治好病不是太好了嗎？」

最後茉莉決定動手術，結果完全沒傷到病魔分毫，只是在身體多留了一道巨大傷疤。再也無法穿上露出胸口的衣服或比基尼了。就算再怎麼注意身材，一度失去自信的身體已經再也無法取回身為女性的嬌嫩了。

快步衝進浴室，扭開花灑的水龍頭。在從天而降的熱水中，茉莉壓抑聲音哭泣。

在這開心的一天結束時，我為什麼會哭泣呢？

人生明明是開心的人才是最終贏家啊，只要和阿和在一起，開心之後絕對會很痛苦。越開心越痛苦。

明明這麼痛苦，卻已經開始想見他。

戀愛情緒這東西，明明最一開始就先扼殺掉了啊。

神啊拜託祢，請讓我千萬不可以不想死。

13

「咦？這份原稿……茉莉，妳開始畫原創漫畫了嗎？」

正當茉莉在矮桌旁準備茶時，電腦桌上的原稿被沙苗看見了。

「嗚哇！別看啦！」

「又沒關係，給我看嘛。」

「不行！等我完成後再看。」

「哦～妳很有幹勁嘛。」

緊緊抱著從沙苗手上搶回來的原稿，茉莉說著「是啊」點點頭。

「不可以放棄喜歡的事情」，因為和人說出這種孩子氣的話，讓茉莉又重新提筆畫原創漫畫。她這次打算不借助月野的力量，要透過一般徵稿的管道投稿。想投稿到小時候和美幸一起嚮往的漫畫雜誌的出版社。

那之後又與和人在東京見了幾次面，和人到了夏末還是想念海浪，特地從群馬到湘南來。和人那之後沒再約茉莉到海邊。如同在同學會上看穿茉莉不愛喝酒，和人大概隱約感覺茉莉很抗拒去海邊吧。但他還是想讓茉莉和朋友們見面，跟著和人到他常去的衝浪專門店後，和曬得黝黑的大哥哥、大姐姐們一起去喝了一杯。

自從禮子過世後茉莉就不喜歡夏天，但今年夏天因為和人而認識了許多人，變得很有意義。季節在漫長的夏末結束後，迎接短暫秋天。

和月野她們一起到秋葉原買東西那天，她們打算到御茶水的某家咖啡廳而漫步在氣氛悠閒的街上，抵達車站前時，一張海報吸引茉莉的目光。

「桐庵流」這幾個字嚇了茉莉一跳，是和人他家。

「茉莉？怎麼了嗎？」

燈號轉綠燈時，走在前方的沙苗喊她。她慌慌張張拿手機拍下海報，往前追上沙苗她們。

回程電車中聽沙苗曬恩愛，在車站道別後打開手機。雖然匆忙拍下，但相機功能極佳，連小字也拍得很清楚。那是宣傳體驗入門茶會的海報。

有種偷看和人隱私的討厭感覺。但茉莉在下次與和人通電話時不著痕跡地問他有沒有預定要回老家。知道他最近沒有要回去後，隔天立刻申請了體驗茶會。

肯定會出現相同的後悔。等著自己的，絕對是比去看大宅時更勒緊自己脖子的結果。即使如此也沒關係。不，如果這會成為放棄他的理由反而更好。

一站在神田的大宅前，威風凜凜的宅院和「桐庵流」的招牌讓茉莉倒吞一口氣。

抱著士兵上戰場的心情踏入。茉莉被帶往兩棟建築物後方的茶室。一棟是有古舊趣味的西洋式建築，一棟是茅草屋頂的和室，兩棟都是讓人感覺歷史悠久的建築物。包圍在綠意中的大宅，感覺時間流動的速度與外界不同。有種穿梭時空到遙遠過去的錯覺，或者是只有這邊的時間停止流動呢？庭院細心打理得很漂亮，茉莉站在踏腳石上靜靜閉上眼睛吸氣，有長青苔溼潤土地的氣味，有滴落朝露綻放花朵的氣味，有誘人鄉愁的樹木氣味。陽光從葉間灑落的騷動，清風吹拂的必經之路，冰冷的空氣。睜開眼，感覺一個身穿白色襯衫的少年從身邊跑過去。這是讓人感覺確實將過去帶至今日的場所。這個庭院，肯定已經數年未變一直存在於此，將來也會繼續存在於此吧。

這件事成就了這棟大宅的格調。

好厲害，茉莉率直地感動，親身體認了維繫歷史的家的重量。

茉莉為了今天換上和服，是從紫紅色慢慢變成淡桃色的漸層色布料，水流線條旁散落小花的振袖。好險母親懂得怎麼穿和服，但從髮型到化妝，今天一早起就搞得全家雞飛狗跳。

就算報名參加時服務人員說「方便的話請穿和服參加」，她也不該乖乖聽話的，還沒開始已經感覺疲倦了。

突然拜託母親幫忙穿和服，父母嚇得以為發生什麼事。但看見茉莉換上和服的樣子，兩人都笑瞇眼睛相當開心。

成人式那天，茉莉病況惡化轉入心臟重症監護病房。

父親當時站在降雪的窗邊想著什麼呢？挑選花朵盛開花樣和服的母親，看著女兒身上插滿管子又是怎樣的心情呢？

就在茉莉重新為自己打氣要努力到最後時……

「是來體驗的同學嗎？」

背後突然有人對她說話，茉莉慌慌張張地轉過頭。

身穿高雅紫色和服的中年女性從豔紅的山茶花後頭現身，她走到茉莉面前說著「妳好」一鞠躬，茉莉也慌張跟著鞠躬。

「請讓我領妳到茶室。」

女性的穿著和舉止都大方優雅，和走起路來彆扭的茉莉不同，連步伐都很有氣質。

「那個……」

「是的？」

「我真的是完全初學者，沒問題嗎？」

「是的，沒有問題。很多人都是初學者，看妳穿和服過來讓我非常高興。最近很少見小姐們換上這身打扮呢……」

「咦，穿和服不妥嗎？」

茉莉嚇了一跳回問，女性停下腳步柔柔地微笑。看見那露出酒窩的微笑，茉莉嚇得睜大眼睛心想「不會吧」，因為她看見了和人的面容。

「不，是大大妥當。非常亮麗、非常美。我也更有幹勁。」

「那個……您該不會是，老師……吧？」

「我名叫紫，今天還請妳多多指教。」

她身段柔軟地一鞠躬，與她相較，茉莉就像道歉似的鞠躬。

她是和人的母親，這位美麗又溫和的女性讓茉莉繃起身體。

她帶著茉莉到瓦片屋頂獨棟房子中的和室，從普通的玄關進入，來到一間如宴會場般寬敞的和室。

「今天還請盡情品嘗茶的滋味。」

和人母親（幾乎已經確定了）柔聲說道。已經就坐的數十位學生看見和家元妻子一同現身的茉莉，都用著「她是誰？」的眼神看著茉莉。

清一色女性，從中年到高中生大約二十人左右。看見中年女性穿著高雅的訪問和服，華麗的振袖果然格格不入讓茉莉感到丟臉。一開始就受挫的茉莉為了不讓自己的失禮太顯眼，在最靠近入口的地方縮成一團坐下。

一會兒後大概是時間到了，忙碌的弟子們同時將緣廊側的紙拉門拉開，參加者們發出讚嘆聲。

那是一片如畫的秋季庭園景色，紅葉美麗飄落的模樣也深深吸引茉莉。

茶會開始後緩慢進行，大家都對茶道有興趣，靜靜地專注聽老師說明。坐對面的高中女生自我介紹是茶道社的，大概因為如此，長時間跪坐也一臉泰然。雖然紫說不舒服可以換舒適的姿勢，但沒任何人真的這樣做，茉莉也不敢。

應付不習慣的跪坐已經耗盡精力，掛軸、道具什麼的全都沒聽進腦海裡。全都是不熟悉的名稱根本記不住，連掛軸上的文字都看不懂的茉莉，當然不在乎床之間[4]的掛軸有多棒。

結束禮儀說明後被帶往後面的房間，看來終於可以喝茶了。一開始讓茉莉感動的秋日景色，也因為不習慣和服的束縛和跪坐腳麻，根本沒有多餘精力多看一眼。

後面的房間是二點二五坪的小和室。照著老師說的先看了床之間的掛軸後才依序坐下，眼前有火爐這點很有茶室的感覺。分發懷紙給大家後，紫在火爐旁坐下。進房的弟子把裝茶點的容器擺在第一位女性面前。

容器中裝有人數份的漂亮紅色小甜饅頭，無比疲憊的茉莉吐了一口氣。

當紫開始動作後，寧靜的氛圍一變，被紫散發出的凜然寂靜吞噬。每個人的視線都被紫的

4 壁龕，日式建築裡和室的一種裝飾。在房間的一個角落做出內凹的小空間，通常在其中以掛軸、插花或盆景裝飾。

一舉一動吸引，時間與地點的感覺逐漸遠去。精練的動作中有著完全無須多餘之物的終極世界觀。毫無動搖繼承數千年的傳統就在紫的身體裡呼吸。

（好像……時間的魔法。）

紫的手，如同幼時動漫中的魔法師一般，充滿不可思議的力量。

紫的手是魔法師的手，單純的茶道具在她的碰觸之下也生靈活現地閃耀光輝。床之間的掛軸低語著歡迎之語，妝點房內的秋季野花也開心地微笑。翡翠色的茶碗看起來也像是幹勁十足地要讓茶變得更好喝。整個茶室空間充滿了紫款待眾人的心意。

（她是個很溫和、很溫暖的母親呢……）

茉莉感受著紫的溫暖，讓她開心的同時也感到感傷。

茶會在紫的說明下進行。深色抹茶明明很濃郁，卻水嫩地連心靈深處都得到撫慰。

收拾好茶道具，所有人一同行禮後，茶會結束了。

參加者們都一臉滿足，就算說了可以解散也沒有人離席。想要入門的人在登記簿上寫名字，或是問弟子們問題。也有人到庭院看看，或是觀賞茶道具。

茉莉靠在緣廊的柱子上看著片片飄落的紅葉。疲倦已經達到頂點，但她遲遲找不到離開大宅的時機。

好想快點回家，好想快點脫掉和服。只有這些想法在腦袋裡轉個不停，深吸一口氣後，清爽的空氣滲入發熱的身體讓她感覺好舒服。

沉思著「和人就是在這裡出生的呢」，在這裡長大，在這裡迷惘，接著害怕這裡。剛剛紫沏茶的模樣浮現眼前，茉莉稍微能理解和人想要逃跑的心情。雖然這樣說，繼承者責任的重量，對出生即居次位的茉莉來說完全無法想像。

「高林小姐，覺得如何呢？」

紫突然找她說話，茉莉連忙端正姿勢。視野瞬間一陣搖晃，茉莉好不容易維持姿勢扯出笑容。想起醫師說過「過多壓力與過度緊張會帶給身體負擔，要多加注意」。

「是的，非常有趣。全都是我第一次體驗的事情，抹茶也非常好喝。」

「這樣啊，那太好了。」

「非常感謝您。」

安心著想「終於可以回家了」只不過片刻，茉莉鞠躬的同時心臟猛烈一跳震響耳朵。

下一瞬間，茉莉無法阻止腳步搖晃。她用力踩穩，腳卻不聽使喚，紫的手撐住她不穩的身體。茉莉全身起雞皮疙瘩，不趕快離開這裡就會出現非比尋常的失態，額頭冒出冷汗。

「高林小姐？還好嗎？」

「還好，真的很不好意思。」

「妳臉色好差，稍微坐一下吧。」

「沒關係，我沒事。」

「是長時間跪坐太累了嗎？不可以逞強，休息一下吧。」

「但是……」

紫扶著抗拒的茉莉，小心不讓其他人發現異狀，走進剛剛的茶室。

「請在這邊稍微躺一下，我現在去準備可以蓋的東西。」

紫手腳俐落地把坐墊排好，扶著茉莉的肩膀讓她在這邊坐下，輕手輕腳離開房間，過一陣子回來後，替乖乖躺下的茉莉蓋上毛巾被。茉莉此時連抵抗的力氣也沒有，意識已經陷入模糊。

還記得自己說了謝謝，記得紫熟練地替她拉鬆和服，接下來的事情記不清楚，接著就斷了意識。

再次醒來時已是日落時分，一片黑暗，連自己人在哪都搞不清楚。

呆呆地摸索著打開紙拉門。

（紙拉門……？為什麼會有紙拉門？）

冷風吹進房裡讓她思考頓時連接起來，與之同時感到被人從背後狠揍一拳的衝擊。

太丟臉了吧，跑來做些偵查似的行為還中途棄權。好痛恨不聽使喚的身體，沒用的自己讓她好想哭。

「妳醒來了啊？」

聽到另一頭傳來聲音，走廊上亮起橘黃燈光。茉莉不知該擺出什麼表情，只能咬緊下唇朝燈光方向點點頭。

從茶室移動到宴會廳後，紫替茉莉沖了熱茶。

原本想盡量低調的，沒想到竟然會發展成這種一對一的事態，讓茉莉更想哭了。

「請別在意，妳太累了。」

「這個……」

「妳這年紀也是工作正忙時。」

和人的母親用與他相像的臉微笑。看到這張臉問自己「還好嗎？」她兒子肯定感覺看見自己有多不中用而無法忍受吧。在理解紫的溫暖後，現在得以想像和人有多討厭他自己。

「我是無業遊民。」

不知為何脫口而出。

「我弄壞身體沒辦法工作。」

「哎呀，是這樣啊，太可憐了……」

「我果然看起來很可憐嗎……」

茉莉一微笑，紫這才驚覺說錯話，很不好意思地低下頭。

「別介意，我常常聽到別人這樣說……年輕人也會生病。但是，會很焦急。無業遊民也不是能驕傲大聲說出口的話，和身邊的人相比較也會很沮喪。所以很焦急……」

茉莉的聲音在宴會廳響起，過了一會兒，紫重新倒了一杯茶，端到茉莉面前後小聲說：

「和別人不同，很辛苦吧。」

和人就在這句話中。茉莉沒錯過紫從款待賓客的表情變成母親表情的那一瞬間。所以茉莉開口了，不能對和人說的話，以及無法對任何人說的話自然湧出。

「我從沒想過不同是令人如此恐懼的事情。十幾歲那時，就算有迷惘，但大家的迷惘都相同……現在則是太過自由，沒有框架讓人害怕……但我這副身體，也不知道時至此時要到哪裡找歸屬……所以很焦急。和身邊的人相比較，和大家不同讓我非常害怕。」

「……這樣啊。我以前應該也很明白這種不安心情，但不知何時開始，我也只能從框架內往外看了……」

纖細的手在腿上交疊，紫小聲嘆氣：

「高林小姐是二十六歲對吧。」

「對。」

「和我兒子同年。」

看見她頰上露出酒窩的笑容，茉莉也回以微笑。

「如果他接受繼任家元的教育到現在，今天這個場合肯定是那孩子更適合出席。但是啊，那孩子不在這裡。都已經二十六了，還沒有辦法出現在大眾面前。」

「是他技術還不夠好嗎？」

「這個嘛……技術和心態，全部都不夠吧。」

「請問您兒子非得要繼承家業不可嗎？」

茉莉的問題嚇了紫一跳，接著虛弱地笑了。不久前還是個偉大的魔法師，現在坐在眼前的紫看起來小了一大圈。

「弟子裡有值得期待的人，但是，如果那孩子知道了，大概再也不會回來了吧……那孩子也很拚命。身為父母，真的很想要認同他努力想要抵抗繼承家元壓力的這一面……我們也沒有做好。他從小就是個比旁人優秀的孩子，所以身邊的人一開始給他過大的期待，那孩子某天突然承受不住了，卻沒有任何人體諒他……只能對受傷的兒子說『加油啊』的我，也是個失格的母親。」

露出自嘲笑容的母親很哀傷，看到母親這個表情，和人肯定會再崩潰一次吧。

（如果和人崩潰了，那我……要是我能做些什麼就好了……）

緊握擺在腿上的手。很清楚自己辦不到，雖然清楚仍不停思考，不知道茉莉這等心思的紫又繼續說：

「那孩子二十歲時，說有個想結婚的對象。說想要為了喜歡的人努力，要兼顧大學課業和練習……那時我以為他可以重新再來一次，他也從沒那麼認真過。但他被甩了，對方說沒辦法和將來要繼承家元的人結婚而拒絕他，他大概大受打擊吧，又沒辦法碰觸茶道具了……家元也對因為這點小事挫折的兒子徹底失望。」

紙拉門那頭傳來紅葉隨風搖擺的沙沙聲，茉莉沒辦法立刻理解映入眼簾的東西是什麼，相當困惑。顫慄貫穿心臟的中心。

茉莉有點坐不住，但又沒辦法立刻離席，她也記不清之後說了什麼應付這個場面。

感覺眼前突然一片黑。當茉莉回過神時，她躺在昏暗房內的床上。她根本不記得她怎麼回到家，不記得怎樣沒讓雙親發現她心神不寧、脫掉和服洗澡，缺失了所有行動的記憶。

今天一整天的記憶變得好模糊，只有那個柔軟的聲音重重敲痛她大腦。

在被窩裡縮成一團，心臟中的顫慄更深刻地刨刮傷口。即使把臉埋進枕頭裡壓抑聲音哭泣，那個聲音都沒從耳邊消失。

和人肯定也談過很多場戀愛。讓茉莉備受打擊的，或許因為那不是單純的前女友，而是他喜歡到想要結婚的對象。

不對，沒有那麼單純。茉莉嫉妒沒見過面的和人前女友，甚至令她哭泣。比起和人那麼喜歡她，茉莉更羨慕她竟然能因為和人將來要成為家元這種理由而放棄他，羨慕得大哭。

桔梗婚禮那天姑姑們說的話隔了這麼長的時間才重重打在茉莉頭上，茉莉縮在被窩裡放聲大哭。

到底有多少夜晚被哪個人的聲音蒙頭痛揍一頓了呢？

好想你。如果我是更強壯、健康，可以常伴你身邊的人，那我會立刻到你身邊，緊緊擁抱就快認輸的你，在旁守護你啊。

我的雙手太不可靠太不安定，沒辦法緊緊擁抱你。

我的力量太小了。

對你來說太小了。

14

在冷風開始刺痛臉頰時，兩人再次見面了。

走出車站收票口的和人露出酒窩笑著，茉莉回以含糊微笑。總覺得和人單純的笑容看起來好可恨，心頭嘈雜不已。

「今天要去哪裡？要不要去迪士尼？」

戴著黑色毛線帽身穿棒球外套，跟同學會那時一樣一身街頭打扮的和人探頭看著茉莉的臉笑。過去曾看著不同對象的眼神，就跟姐姐穿舊給她的洋裝一樣欠缺魅力。

「比起去迪士尼，我今天想去買東西，想看冬裝。」

「工作模式耶。」

和人沒任何懷疑、沒受任何打擊地微笑著。嘈雜的心開始萌發不耐，好討厭他游刃有餘的樣子，好討厭他毫無疑心的眼神。

「才不是那樣，我完全沒辦法去買東西，而且難得休假。」

「那我今天就陪小茉莉去買東西。」

大概完全沒聽懂茉莉的嘲諷吧，和人開心地朝山手線方向走去。留在原地的茉莉露骨地皺起眉頭。

「小茉莉？快點走啊。」

和人轉過頭時毫無惡意的表情，又加重茉莉的不耐。

那天一整天，茉莉帶著和人到處跑，接連去好幾家百貨公司，逛遍每一家名牌店。對男裝賣場視而不見，花上幾十分鐘試穿衣服。

不知該怎麼惹人認真生氣的茉莉，只能做出自己所能想到的己所不欲之事。即使如此，（雖然已經大致預料到了）和人沒有絲毫不耐也不感到厭煩。看著茉莉自暴自棄買下的衣服和包包，還替她開心「有找到喜歡的東西真是太好了」。就像隻被馴服的小狗一樣，在每家店都開心地說著：「這個顏色比較適合小茉莉耶。」理所當然地替茉莉拿過不停增生的購物袋。越來越累的只有茉莉一個，感到受傷覺得不耐煩的當然也只有茉莉。

日落時分，原本帶刺的不耐煩，也如同被遺忘在冰箱角落的春菊般凋萎。失去水嫩色彩與清新香氣的心情，轉變為自我厭惡。

「買了好多東西喔。」

「是啊……」

別露出那麼神清氣爽的笑容啦，笨蛋。在累癱吃著薩赫蛋糕的茉莉面前，和人滿足地喝咖啡。街頭打扮的和人，和做千金小姐打扮的茉莉，兩人的表情就跟他們的服裝一樣不搭調。

走出咖啡廳暴露在冰冷空氣中，因紅茶溫暖的身體一口氣變冷。因為從澀谷、新宿一路逛到銀座，茉莉的精力和體力都到極限了。湧上浪費了難得一天的空虛感，等待紅綠燈時差點哭出來。

「小茉莉，會不會冷？」

和人這麼問的瞬間茉莉吸了吸鼻子，和人溫柔低頭看她，輕輕牽起她的手。燈號轉綠，茉莉就這樣被和人拉著走。

雖然很可恨，但果然還是喜歡和人。並非忘記禮子死掉那天的事情，但還是喜歡和人。

稍微使力回握後，和人用力握緊她的手。

明明說著想買鞋子，卻一路走過好幾家鞋店沒進門。因為感覺停下腳步就會放開手，茉莉靜靜地走著。

就在快要走到街道底端，茉莉想著該找什麼藉口時——

「和人。」

有人開口喊住和人。

兩人一起停下腳步。一位面容柔和的初老男性從路旁的店裡走出來。和人露出「啊！」的表情，同時放開茉莉的手。

「你好，承蒙你的照顧了。」

「你好，你回到本家了嗎？」

「沒有……今天是那個……」

「約會啊。」

男性呵呵一笑，和人跟著苦笑。男性站著的這家店櫥窗擺著茶碗，似乎是茶道具專賣店。

茉莉偷看身旁和人的表情，可見他表情僵硬仍拚命擠出應酬笑容。

「還請替我向家元問聲好。」

「好的。話說回來，看見瀨田先生身體如此健壯真是太好了。我從母親口中聽聞你前陣子身體不太舒服，還有點擔心呢……」

「可以聽到和人這麼說真是令人開心。」

「不會……還請你保重身體，那我先失陪了。」

和人禮儀周到地一鞠躬，茉莉也慌忙跟著一鞠躬。彷彿表示想要盡快逃離現場，和人立刻邁開步伐，茉莉與男性錯身而過時又再點了一次頭，跟在和人後頭走。

城市喧囂中斷的這條路，只有住商大樓昏暗的螢光燈照亮小路。微微聽見含糊的歌聲和玻璃瓶互相碰撞的聲音，但沒有人。和人像是過了很長一段時間才想起茉莉的存在般轉過頭來。

「妳想去的店在哪？該不會迷路了吧？」

看見和人「啊哈哈」發笑，茉莉停下腳步。

「剛剛那個是茶道具的店吧。」

「咦、啊……從以前就常出入我家。別說這個了，我們回大馬路吧，這邊很明顯走錯了吧。」

「那個大叔也知道你不在家裡啊。連道具店的人都知道，那就表示幾乎大家都知道了吧，你這樣也無所謂嗎？」

「小茉莉，妳怎麼了？」

他回問的表情和那位與他相像的女性重疊，茉莉凋萎的不耐煩又復活了。

「阿和接下來到底想怎麼做？一直逃避你家嗎？如果真的那麼不想做，那就完全放棄啊？好好跟你父親說，徹底放棄不就好了。多的是可以取代你的人，不是嗎？」

「……妳幹嘛突然說這個，妳好奇怪喔。」

「奇怪的是你吧，快點決定，你再怎樣也明白不能一直逃避下去吧？」

那天，和人第一次表露不悅。

啊，原來只要這樣就可以惹怒和人了啊，茉莉眼神挑釁地抬頭看他。和人一瞬間回以挑釁的眼神，但僅僅只是一瞬間，立刻又恢復平靜的神情。

「別說了，我不想要和小茉莉談這個話題。」

茉莉語帶苛責地對想要結束話題的和人說：

「你曾經和想結婚的人談這個話題嗎？還是就這樣逃避，結果也讓對方逃跑了？」

「啥……？什、妳為什麼知道？」

「再更慎重點思考啊，這是你的人生耶！因為你不決定，旁邊的人也只能跟著你團團轉。就因為你不停逃避，所以才會找不到答案！你別以為所有事情都能船過水無痕。你就這樣只會裝和善微笑，試圖這樣解決一切，你是蠢蛋嗎？」

「欸，小茉莉，到底是怎樣！妳到底是怎麼了！」

茉莉甩開和人伸過來的手，明明是自己要人家拿，現在卻把衣服和包包的購物袋搶回來。

「那個人肯定很討厭你的優柔寡斷吧？不過只是被女人甩了，別像個小鬼頭一樣膽怯啦！沒用的傢伙！」

「沒用……！小茉莉根本不懂吧！妳根本不懂我到底有多痛苦！」

「我是不懂啊，反正我就是個平凡人嘛！你只會要我加油，自己卻不停逃避，太卑鄙了。」

「卑鄙……」

「我開始畫漫畫了。雖然很害怕又會被批評得一文不值，但因為你說不可以放棄，所以我又開始畫了。那你這樣下去可以嗎？一直維持現在這樣真的可以嗎？」

「……」

「去衝浪去玩滑雪板，有很多朋友，只要這樣開心過活就好了嗎？說什麼沒有能讓你全心投入的事情，你要天真到什麼時候啊？你已經長大了耶！我們早就已經長大成人了耶！」

「那種事情我知道啊！我很清楚。我很清楚，但我就是沒辦法和妳一樣輕易辦到啊。」

和人別開視線盯著球鞋鞋尖緊咬下唇，被碰觸了不想被人碰到的地方，努力拉住無處可去也無法發洩的憤怒已經耗去他全部力氣。

「你只是害怕失敗而已。因為你比其他人都能幹，從來沒和其他人競爭過，所以你很害怕。你是笨蛋嗎？我的人生滿滿失敗耶。這也不行，那也不行，被拿來和姐姐比較，什麼都輸給姐姐，明明很不甘心還不能說不甘心。但人生不就是這樣嗎？就算失敗連連也會在哪裡找到些什麼，完全不行的時候絕對會有什麼，在滿滿的不幸中偶爾也會有點幸運，這樣不就好了嗎？就是因為偶爾會遇到好事，所以才會覺得活著真好不是嗎？一直不停逃避不可能找到這些！輸給期待，被女人甩了，那又怎樣。你的失敗和我相比不過只是點小擦傷，跟個笨蛋一樣！」

「妳別口口聲聲笨蛋笨蛋！」

「因為你跟笨蛋一樣才說你笨蛋！四處逃避的男人有夠煩，真的很厭煩，看了就生氣！」

「我為什麼非得被妳說成那樣不可啊！小擦傷？妳有背負什麼嗎？妳有過那種想逃也逃不了的經驗嗎？我也不是自願變成這樣！不是自願出生在傳統流派的家裡！誰有辦法輕易背負起那種東西啊！」

「所以我才說你不想做就老實說啊！好好去跟你爸媽說啊！」

「妳別說的那麼簡單！繼承者只有我一個。」

「那你就憎恨自己的血緣吧。憎恨出生在這個星球的自己度過一生啊？逃避再逃避，想著只要開心過活然後隨隨便便活著啊？你們家流派就這樣毀了你會比較幸福？」

「……妳夠了喔，我就是不想談這種事情才不想來東京。但我想見妳所以才來的，所以……」

和人背過身去。茉莉陷入彷彿看見遙遠記憶中的誰的錯覺，輕聲說：

「……我懂那種不是自願變成這樣的心情。」

「咦？」

「雖然我只是個平凡人。」

茉莉拉起一邊臉頰扯出笑容。

「今天很謝謝你，我先回家。你稍微在這寒天底下多待一會兒冷靜思考一下吧。」

「欸，等等……」

「再見。」

茉莉轉身。東西好重，讓她想要全部丟掉。

此時第一次發現，背負漫長人生的人也同樣痛苦。心中總有何處哀嘆著有期限的自己最不幸，但得在沒有盡頭的時間裡，走在沒有任何路標上的人，他的不安也無從衡量起。

在那之後沒接到和人的聯絡。老實說茉莉感到很寂寞，但也有點鬆一口氣。和人能喚醒心中沉睡的自己，他果然不是自己能隨便擁有的存在。

如果無法再見面，起碼希望和人可以幸福……這種感傷的想法，也在經過一個月後感覺愚蠢起來。

進入十二月，城市變得繁忙之時，茉莉又和短大時代的朋友們見面了。

因為奈緒要結婚了，大家聚在美彌的店裡。

認識奈緒男友的沙織，從一開始就相當興奮地詳述兩人怎麼認識的，對方的特徵等等。裝潢奇妙的店內讓人無法放鬆，反而可能讓心情莫名嗨，或是莫名沮喪，桌上的料理仍舊全是油膩的食物令人食欲全消，沙織的聲音尖銳，偶爾根本聽不懂她在說什麼，茉莉邊喝溫烏龍茶邊裝出在聽的樣子，但其實完全沒聽進去。

對朋友結婚如此毫無興趣，自己大概已經枯萎了吧，還是奈緒的幸福早已成為無所謂領域的話題了呢？就算被人說無情，感覺現在的自己也能接受。

「那沙織和男友又怎樣啊？」

「我想要結婚啊，很想結婚但就沒進展。其實我還偷偷計畫，既然如此乾脆偷偷懷孕好了。」

「嗚哇，預謀犯罪耶！」

她們三人對這茉莉一輩子都不可能說出口的話揚聲大笑。今天不像之前那樣包場，店內還有其他幾組顧客，也可聽見那頭的笑聲，美彌也在面前來來去去忙個不停，很是嘈雜。

沙織開始說起自己男友時，茉莉突然遭原因不明的頭痛襲擊。餐具鏗鏗鏘鏘互撞的聲音在腦海中迴盪，到處衝撞。試著壓自己的額角，卻只是讓疼痛加劇。

一看對面的桌子，大學生左右的男生猛灌啤酒杯中的啤酒，笑得很猥褻。雖然服裝與和人相似，但和這些人相較，不需多說也可明顯感受和人天生的氣質有多高雅。

不管做什麼打扮，和人絕對不會看起來很下流。眼前浮現他溫和的笑容，在烏龍茶的熱氣幫忙下，茉莉吸了吸鼻子。

和人大概不會那樣牛飲酒精飲料吧，不管穿怎樣的服裝，不管在什麼場合，那個人心中都有著那棟宅邸的庭院般令人舒適的寧靜，有如日本美麗四季般協調的空間，他是個受到細心整頓，令人舒適的人。

第一次遇到這種人。只是手牽手，那感覺的記憶卻比身體交纏更加清晰。和人修整整齊的指尖在腦海中浮現，又吸了吸鼻子。

「然後啊，茉莉妳有在聽嗎？」

「嗯，有聽啊。」

馬上就會中女人計策的男人的事情一點也沒興趣。啊，好想見和人。

頭陣陣抽痛，明明有各種聲音混雜，和人卻不在其中。明明說了各種話題，和人卻不在其中。和人已經不在自己的空間裡了。

「茉莉也差不多該交男朋友了啦，茉莉，不可以逃避。我替妳介紹吧？」

「我也有人介紹！是我男友的朋友，要見見嗎？」

「……不用了，我不需要男友……」

「茉莉，不行啦！快回想起短大時代！有男朋友很開心啊。」

「但不用了……」

「茉莉妳打算就這樣一直不談戀愛嗎？」

她的聲音突然變得認真讓茉莉抬起頭。沙織和奈緒都皺著眉頭看茉莉。大概是對茉莉毫無霸氣的態度生氣吧，雖然明白，但茉莉臉色沒有變化。

「我不需要男友，沒有男人就不行嗎？」

「與其說不行，就是可以互相支持啊……茉莉平常在幹嘛？會出門去嗎？有男友的話會更滋潤喔。」

「我看起來有枯萎成那樣嗎？」

自嘲一笑後，奈緒傷腦筋地別開視線。

被下次活動用的原稿和服裝製作追著跑，連續好幾天睡眠不足。也懶得去買衣服，毫無幹勁的茉莉，跟另一頭的學生一樣穿著連帽T恤和牛仔褲。什麼事情都覺得麻煩，所有事情都無所謂。只不過，不想要失去畫漫畫這件事，把保養肌膚的時間、看時裝雜誌的時間全部用在原稿畫紙上。很想要二十四小時全用來畫漫畫。因為感覺一旦放下畫筆，就連畫漫畫都會讓她感到麻煩。

「茉莉，發生什麼事了？」

「沒什麼。」

「所以我們替妳安排認識新朋友……」

「不用了，我不需要。」

「因為妳生病了？」

沙織的聲音像在逼問茉莉，她的頭陣陣抽痛，緊咬牙根皺起臉後，一旁的奈緒制止沙織。

「沙織別這樣，妳這樣說，茉莉太可憐了。」

幸福的人看見身邊的人不幸，就會想要分擔對方的痛苦。帶著卡魯哇牛奶甜膩氣味的溫柔聲音，讓茉莉牙咬得更緊。遲遲不好轉的頭痛，讓她說不出打圓場的藉口也笑不出來。就連做做樣子也全部感到無比麻煩。

「說生病就不談戀愛，妳只是在逃避！我不希望茉莉墮落成那種女人！妳那麼努力耶，我希望妳能幸福啊！」

「煩死了……」

彷彿想要打斷高揭正當友情的沙織的主張，茉莉幾乎無意識地脫口而出。

就算沒直接看見，也知道沙織和奈緒相當震驚。因為茉莉至今從未對任何人說過這種話。

茉莉活到現在，比什麼都更重視控制情緒。她不想因為反抗或回嘴而被誰討厭。雖然沒辦法和受眾人喜愛的姐姐相同，至少不可以變成讓人想嘆氣的人，所以一直都很小心注意。

「逃避是什麼？沙織是懂我什麼？」

「什麼……因為茉莉總是有喜歡的人啊。對談戀愛也很積極，因為生病之後才變了……」

「那當然會變啊。聽到醫生說妳得了一個沒人可以活過十年的病，任誰都會改變吧。誰會愛上這種女人？話說回來介紹是什麼？妳要說這個女生生病了然後把我介紹給別人嗎？妳們身邊充斥著可以接受這種女人的男人嗎？」

「茉莉等等……活過十年……是什麼？」

「就是那個意思。和我得同一種病的人，沒有一個人活過十年。我發病後已經過六年了，所以還有四年吧。妳們要把頂多只能再活四年的女人介紹給誰？我不是在逃避，是在對妳們客氣。」

當茉莉嗤鼻笑著說完後，兩人表情僵硬，聽見匡啷聲轉過頭去，只見美彌白了一張臉。

「活不過是什麼意思……茉莉，會死掉嗎……？」

弄掉玻璃杯的美彌在發抖。阿亮慌慌張張從廚房跑出來向旁邊的顧客道歉，在美彌腳邊跪下來迅速收拾玻璃碎片。女人們驚訝的表情，以及高瘦男人忙碌的動作，茉莉覺得眼前光景看起來一片白，興致也冷下來了。

「對不起，我先走了。」

「茉莉，等等……對不起，……我們好好聊聊，好不好？」

「夠了，我再繼續待下去，肯定只會更加傷害妳們。」

「等等，茉莉，妳為什麼瞞著我們這麼重要的事情？我們是朋友吧，為什麼……啊，對了，我們一起去旅行吧。」

心神不寧的美彌露出奇怪笑容伸出手來，她纖細的指尖不知在何時充滿紅色裂痕，和學生時代熱衷美甲的那雙手完全不同。

「……對不起，我今天先走了。之所以沒說，是因為說了也沒有用。」

「沒有用，這……」

「真的沒用。聽說沒有治療方法，要是發生奇蹟，四年內出現特效藥就好了。因為有結束，所以我決定不開始，所以不談戀愛。雖然是因為生病了，但我沒有輕易逃開，那不是可以用一句逃避來總結的。」

起身穿上大衣後，已經沒有人試圖挽留她了。

「再見。」

快步走出店外，冬風刺痛臉頰。不管走了多遠，都沒聽見「等等啦」從後頭追上來的聲音。不管愛情還是友情，夢想中如連續劇般的劇情都不會發生在人生中。

茉莉在人潮中用力伸展身體，實際感受把說不出口的事情說出口有多痛快。她們大概再也不會打電話給她了吧，或許連訊息也沒有，可能也不會寄喜帖給她吧。但這反而讓她感覺神清氣爽。

「啊——！爽快多了。」

用力擺動手臂往前走。轉頭看著沿途的玻璃展示窗，心情雀躍地想著明天久違地出門買東西吧。

對不起

對不起

對不起

大家對不起

雖然也曾經把事情用力拋給別人去承擔，但沒有人能幫忙承擔的就是每個人自己的人生。

遇見阿和之後，我很明白這件事情。

所以對不起。

美彌的手變得好粗糙，那是工作的人的手。美彌加油。我現在真心希望那家店可以生意興隆。

我現在很真心祈禱奈緒可以幸福，沙織可以幸福。

傷害妳們之後才第一次明白。

我好喜歡大家。

大家一點也沒錯。

對不起

對不起

對不起

15

活動上要穿的服裝做好了，雖是自賣自誇，但實際穿上後還真是做得不錯，茉莉在鏡子前轉了一圈。

這一次還做了月野和沙苗的服裝，今天她們兩人要來茉莉家，大家一起換裝。

稍微調高音響音量開心哼唱，這個晴朗的週日午後，雙親一起出門去逛街購物。

門鈴聲響起，茉莉跑出房間。雖然比約好的時間早了一點，但茉莉毫不懷疑邊喊著「來了～」一邊跑下樓梯。

「沙苗，妳看妳看～！」

用力打開家門。

茉莉卯足幹勁把髮型也綁成與角色相同的馬尾，興奮地等待沙苗的反應。但既不見沙苗也不見月野，在茉莉眼前的，是穿舊掉色掉得很有味道的皮衣外套胸口。

慢慢抬起頭，眼前是低頭看茉莉的和人。

毫無看錯的餘地，在那裡的就是和人。

「啊……小茉莉……」

對上眼後，茉莉試著思考和人為什麼會在這裡，下一個瞬間想起了比這更重大的事情，用力關上門。

「小茉莉！對、對不起，突然跑來！」

「幹、幹嘛？為什麼啦，為什麼在這裡?!」

被看到了。被看到在玩角色扮演了！

比起和人在眼前，這件事更嚴重更讓茉莉錯愕，真想要挖個洞鑽進去。

「小茉莉，妳可以開門嗎？我想和妳說說話，沒有聯絡就跑來對不起，但是……」

一直忽視和人電話和訊息的是茉莉，對和人來說，這是他鼓起全部勇氣的突襲。

一想到這裡，終於真實感受到和人就在門後。

稍微打開門只露出臉——

「你等我一下。」

接著關上門跑上樓，脫下剛做好的服裝打開衣櫃，腦袋一片混亂完全無法思考到底該穿什麼好。

和人來了，來見她了。今天外頭仍是寒冷隆冬，丟他在外面太久也太可憐了，總之套上映入眼簾的，桔梗送她的毛衣，邊拉緊牛仔褲的皮帶邊下樓梯。

把手放上門把調整紊亂的呼吸，深呼吸兩、三次後才打開門。

打開如藏寶箱的門，等待已久的他，並不是夢而是真的站在眼前。

「對不起，突然跑來。」

「不會，進來吧。」

「叨擾了。」

現在房間已化身為宅之國度，所以帶他到起居室。和人坐在剛剛父親還坐在上面的沙發上。茉莉拿出咖啡杯時才想到問：「喝咖啡可以嗎？還是要紅茶？」無法冷靜而四處張望的和人嚇了一跳，低頭說「請給我咖啡」。

晴朗的冬天午後，在終於暖起來的舒適暖氣中，飄散咖啡濃醇香氣。站在開放式廚房裡的茉莉遲遲無法抬起頭。和人就坐在那頭。偷偷看了一眼，和人很尷尬似地縮成一團。

把咖啡、奶油球和砂糖擺在桌上，茉莉在對面坐下。彼此就像在外人面前的貓一樣沉默，為了掩飾不知所措而喝咖啡，但燙到無法入口。

「小茉莉，妳喜歡《宇宙戰士　十字局》嗎？」

煩惱不知該說什麼的和人，突然像想到什麼般抬起頭。茉莉差點把咖啡打翻在自己腿上。

「為、為什麼知道……」

無法隱藏自己強烈的慌張回問，和人露出燦爛笑容。

「因為妳剛剛穿著梅蘿諾的服裝對吧？」

茉莉快昏厥了，感覺看見世界末日的盛大絕望。

「連髮型也一樣，小茉莉就跟梅蘿諾一模一樣。」

茉莉慌慌張張解開頭髮，這更加深了喜歡動畫的嫌疑，她陷入重度的自我厭惡中。為了要掩飾自己的慌張，動作緩慢地喝咖啡。腦袋努力尋找下一個話題，但突然轉換話題也很奇怪吧。為什麼都一把年紀了還看動畫啦，出現了把自己擺到一邊去，想要責怪他的心情。

「那個……阿和也喜歡十字局嗎？」

糟糕了，明明講出完整劇名就好了啊還簡稱，這豈不是更彰顯她是重度影迷嗎？

「嗯，我從小就喜歡機器人動畫，大人來看也看得很開心啊。」

「……這樣啊……」

他滿臉笑容，茉莉卻感覺正遭受拷問。和人大概有自覺正逐步逼著茉莉吧，呵呵笑著。

「小茉莉的手果然很巧。」

「……是啊……」

「我也想要讓妳替我做衣服耶，理理亞之類的。」

「……我覺得應該不太適合你耶……」

「是嗎？」

「是啊……」

看見茉莉深深皺眉，和人終於忍不住大笑出聲。原本充滿緊張感的起居室染上色彩變得光亮起來。

「討厭！囉嗦！又沒有關係！」

「我什麼也沒有說啊。」

「反正你一定想說我是個宅宅吧。」

「是這樣嗎？」

「又沒有關係，我就喜歡嘛！」

「我也很喜歡啊，十字局。」

「阿和也是宅宅啊。」

「不玩角色扮演就是了。」

看見茉莉無法繼續回話，和人又笑了。

「其他還有什麼嗎？」

「不想說。」

「也讓我穿穿看嘛，軍服之類的很帥氣耶。」

「你穿不下啦。」

「真的有軍服啊。」

兩人對上眼，和人看見茉莉閉上嘴又大笑了。

「等一下我朋友會來，如果你有話找我說，可以快點說嗎？」

「宅宅朋友？」

用力放下咖啡杯後，和人止住笑，露出可親的表情說著「對不起、對不起」。

「如果你是來吵架的我奉陪喔。」

「對不起，不是啦，我今天是想來和妳和好的。」

「咦？」

「前陣子對不起，真的很對不起。我一直想向妳道歉，妳對我說的那些話全都是事實，全部戳中我的痛處……讓我很不敢再來找妳……」

「明明是個男的還真沒用。」

「男女平等吧？」

「那我也要道歉，我也說過頭了，對不起。」

「小茉莉一點也沒錯。」

「不是男女平等嗎？」

茉莉不悅地說完後，和人放心一笑。他的表情清楚表達出終於放下心中大石的感覺。

用這種表情笑太犯規了啦。不管哭泣還是生氣，只要看到這張臉，就反射性地想回以笑容。想著「這就跟小嬰兒一樣嘛」又覺得好笑，茉莉果然還是回以笑容了。但與其相反的是，胸懷中充滿想哭的心情。

和人仍然這麼狡猾，轉眼間就把茉莉的情緒歸零。明明那般痛苦寂寞，就在這一瞬間全部歸零了。

「那麼，請和我和好。」

「嗯。」

「為了紀念我們和好，要不要一起去玩板？」

「玩板？」

「跟十字局沒有關係，是玩滑雪板。」

「阿和，我們繼續吵架吧……？」

「開玩笑啦，對不起，一起去吧。夏天沒辦法一起去衝浪嘛，好不好？」

他這樣歪頭微笑會讓人無話可說啊，茉莉邊泡新的咖啡邊看廚房裡的月曆。應該得先取得主治醫生的許可才行吧……確認回診日，下週有個圈起來的日期。

當她想從廚房喊和人時才想到。

和喜歡的人這樣面對面，假日午後一起在起居室裡喝咖啡，這是多麼奢侈的幸福啊。夢境般的現實讓她心中懷抱的真實變得更加沉重。幸福之光越強烈，在那之下的不幸黑影也變得更濃郁。

「小茉莉？」

「可以給我點時間嗎？下週應該可以給你答覆。」

「當然好！妳也有工作安排嘛，我等妳。」

「謝謝你，啊，應該沒有要過夜吧？」

「可以過夜嗎？」

「……不可以。」

「哇，剛剛那個停頓是什麼？小茉莉想歪了。」

「什麼！什麼啦，笨蛋！我絕對不要過夜！當天來回！」

「什麼～」

「別擺出小孩子的表情！」

「哎呀，算了，只要能和小茉莉一起去就好了。太棒了～」

「我滑很爛喔，已經好幾年沒去了。」

「別擔心，我很厲害，甚至還有人來問我要不要當職業選手，交給我吧。」

「出現了，神童……」

茉莉有點傻眼地嘟囔後，也心情開朗地笑了。感覺好久沒有這樣好好笑出來了。

「我很期待喔！」

目送和人離開後回到起居室，收拾用完的咖啡杯。從流理檯往外看，和人已經不在起居室裡，杯子早已冰冷。雙腳一瞬間想要追尋和人邁步奔跑，接著急忙踩剎車。

咖啡杯掉落流理檯劃破寂靜，氣勢磅礡的水流打在咖啡杯上呈放射線噴飛。平常不會注意的壁鐘聲音竄入耳中，熱淚突然湧出全身無力癱坐在地。

第一次感覺如此眷戀生命。

眷戀每一分每一秒到令人痛心——拜託別跑那麼快，拜託讓我在這裡多待一會兒。

隔週，和主治醫生商量後，彷如等待放榜的結果是遞補上榜。主治醫生一臉為難，但在茉莉百般哀求下，心不甘情不願地同意了。

「那個，醫生……我的病情沒有惡化吧。」

「是啊，沒有問題，這個月也沒有異常。」

「沒有變更好嗎？」

主治醫師有點嚇到，接著看著茉莉的臉露出很對不起的眼神。

「看不出來有康復的徵兆，即使如此，我覺得有辦法持續維持現狀的茉莉很努力喔。這只要一個不小心，就會雪崩式地轉壞。」

「……跟減肥一樣呢。」

茉莉開玩笑地一笑，醫生也跟著笑了。

看診結束後立刻傳訊息給和人，鈴聲接著響起時，彷彿可以聽見和人歡呼的回信內容令茉莉不禁失笑。

只要活著就確實可以碰到幸福。茉莉明白將來有天這會變成讓她痛苦的刀劍。但現在不想思考將來，只想如含著糖果般細細品味和人帶給她的幸福。

眷戀生命，時間令人感到無比憐愛。

我認為和深愛之人分別就是死亡。

但是，與感受憐愛之情的自己分別也是種死亡。早知如此，應該要更加珍惜自己才對。因為能最愛我的人，就只有我自己了啊。

要是再早一點注意到更多的事情就好了。

16

過完新年沒多久，兩人一起去玩滑雪板。

把滑雪板和鞋子堆進和人向朋友借來的四輪傳動車，茉莉嘴上說滑得很爛但還是有自己的滑雪板，和人對此非常開心。

約定出門的前一週，茉莉和父親一起到運動用品店調整滑雪板，也買了新的滑雪衣。茉莉父親喜歡登山，小時候冬天也會帶她們去滑雪或滑雪板，當父親聽到她要和朋友去玩滑雪板，雖然一臉擔心卻也看得出有點開心。

生病後不能做的事情增加了，登山也是其中之一，雖然茉莉早早放棄，但或許對喜歡戶外活動，甚至拿花名替女兒取名的雙親來說，不是那麼簡單可以放棄的事情吧。茉莉原本以為所有事情只要自己放棄、自己忍耐就好，但家人肯定也放棄了什麼、忍耐著什麼吧，看見父親仔細擦拭滑雪板的身影，茉莉第一次察覺這件事。

和人在白雪上劃出痕跡，悠然地往下滑去，精湛的動作流暢得讓人看入迷。茉莉在他後面摔得四腳朝天後又慌慌張張起身。

「小茉莉，還好嗎？」

「一點也不好！」

茉莉自暴自棄大吼後，下方的和人開心大笑。

睽違超久的銀白世界閃閃發亮地反射許多東西，非常耀眼，寬廣的開闊天空無限地藍。堆滿白雪直至山頂的山脈，連鼻子深處也冰凍的冰冷空氣，照亮一切的巨大白色太陽，這一切都是讓茉莉懷念的景色。同樣都是白色，和狹小的病房相比，這裡充滿彷彿飛出外太空般的解放感。

沒辦法好好停下來，以緩慢速度往下衝，和人接住茉莉後，兩人的臉近距離靠近。

「小茉莉還真是遜耶。」

「所以我說我已經很久沒滑了啊。」

「妳小學時在滑雪教室也摔得很慘耶。」

「你別把那麼久以前的事情翻出來說啦！」

藍天、白色太陽、白雪與和人，那彷彿像幸福結晶的成品。

「欸，阿和也會跳嗎？」

茉莉坐在纜車上指著跳躍臺問。

「會跳喔，我曾經是U型半管的選手喔。」

「U型半管是這樣的嗎？」

茉莉手如鐘擺般畫出U型後，和人點點頭。

「然後差點成為職業選手？」

「嗯，我有一度還想要以奧運為目標。」

「神童絕對覺得人生很輕鬆吧……」

茉莉從下往上瞪和人，和人笑著說「就是啊」。

這個人要是走在自己決定的道路上，肯定可以活得更加自由自在吧。

「欸，你去跳跳看嘛。」

「咦？」

「你看！就跟剛剛那個人一樣。你應該可以跳更高吧？」

「很不好意思，我可是很厲害的喔？」

和人以反射白銀的藍天為背景，自信滿滿地笑了。

和人站在起始位置上朝茉莉揮手，茉莉也從下面回應他。

與薄荷巧克力相同顏色組合的衣服開始滑行後，茉莉雙手遮在眼睛上方抬頭看。

和人滑過的路線掀起雪花，他猛力一跳的瞬間，茉莉不禁讚嘆。

以時間緩緩流逝的慢動作速度，與藍天融為一體的和人獨占太陽，在陽光中翻轉好幾次。

脫離重力束縛的藍色滑雪板在空中飛舞，那個瞬間清楚看見雪白雙翼衝破他的背，朝天空用力展翅。小時候說著「我想要飛上天」這個夢想的和人閃過茉莉腦海。

受到天空邀約，全身沐浴光芒，和人劃出弧線又舞回白雪上。

「如何啊？很帥氣吧？」

「嗯。」

茉莉點點頭，明明是自己開口問，和人明顯害羞起來。茉莉瞇起眼睛注視著這樣的他。

兩人坐在雪上仰望天空。

茉莉謊稱為了今天請特休，過了年底年初的旅遊高峰後，平日的滑雪場相當閒散。

「天空好漂亮。」

「滑雪場的天空很清澈呢。」

抬頭看著萬里無雲的清澈天空深吸一口氣，連空氣的氣味也好清新。

「你飛上天空了呢，你實現你在畢業作文集裡寫的事情了。」

「雖然沒有成為太空人就是了。」

和人抬頭看著他用手碰觸過的天空，深有感觸地說：

「不是有人說，和寬廣天空相較，人類的煩惱相當渺小。但我不這麼認為，就算身處大自然之中，就算看著滿天星星，煩惱也不會變小。所以我很想要飛看看。從小我就想著，如果不是抬頭看而是飛入其中，是不是會有什麼改變。」

和人的視線從天空轉往茉莉身上，感覺他的心如同滑雪板落地也回到了這邊。

「……我知道了，不管我做什麼，不管人在哪裡，我的煩惱也不會變小，就算小也沒辦法丟棄。……我啊，做什麼都很認真。滑雪板、衝浪、田徑、網球、籃球、足球、體操還有大學的研究。但徹底做完後總是會得知，我的歸處不在這裡。會確實知道不是這裡。」

「……阿和的歸處？你找到了嗎？」

「對，在被妳丟在銀座，生平第一次被罵笨蛋之後，我終於找到了。」

「從笨蛋開始或許也不壞喔，神童。」

和人笑了。那個笑容看起來意志堅定，不再有迷惘。

原本也預定要夜滑，但傍晚開始雪越下越大，纜車早早停止運行，兩人也開始準備回家。茉莉走出更衣室走到大廳後，看見身穿連帽T恤和寬鬆牛仔褲的和人，用一臉奇妙的表情抬頭看著大廳裡的舊型電視。

「怎麼了嗎？」

茉莉一問他，和人反射性一笑，但立刻指著電視用僵硬的語調說：

「傷腦筋了，說是封路耶。」

「什麼？」

「我們沒辦法回去了。」

和人體貼地盡量讓自己的語氣別太凝重，兩人對看後也只產生「那該怎麼辦啊」的不知所措。

因為纜車停止運行，滑雪場也把照明燈關掉了。整面牆排滿寄物櫃的這個設施，也在不知何時變得空無一人。

和人總之先去詢問設施老闆交通資訊，但老闆也說了和電視相同的話，老闆也提議要不要去找飯店。和人說要去問問附近的飯店，要茉莉在這邊等一下，但感受到老闆想要盡早關閉設施的態度，茉莉便堅持要與和人一起走。

「不可以啦，外面雪下很大耶。」

「沒關係，走吧。」

「不可以。」

和人一臉認真斬釘截鐵地說道。但可能是發現茉莉很不自在吧，接過低著頭的她手上的行李後交代：

「那……總之可以先在車上等我嗎？」

茉莉抬起頭，得救般點點頭。

和人連茉莉的行李一起扛上身，在風中朝停車場前進，茉莉跟在他後面。對刺痛、凍結臉頰的大雪感到不安。和人讓茉莉上車後把暖氣開到最強，又在大雪中往外跑。

茉莉呆呆地看著擋風玻璃變成雪白一片，思考接下來的事情。總之似乎無法回家，說是要去問飯店有沒有空房間，那也就是兩人要一起過夜吧。

「總、總之得先打電話才行。」

為了從轉個不停的妄想上轉移焦點而拿出手機聯絡家裡，母親雖然擔心她的身體，但氣候因素也無可奈何，只好表示理解了。

『要確實找到飯店入住喔，可別冷到。妳有帶藥吧？和沙苗一起應該是沒有關係，但妳還是要注意喔。』

茉莉只有說和朋友出門。但也是十分確定母親聽到「和朋友」會聯想到沙苗，不折不扣的預謀犯案。茉莉邊在心中說著「媽媽對不起」掛斷電話。

和人是朋友但是是男性，而且自己喜歡他。和人呢？他是怎麼看待現在在這裡的自己，而非初戀的小茉莉呢？

茉莉摸著手機發呆時，車門突然被打開。強風從駕駛座灌入，車內溫度一口氣下降。

「哇～雪真的太大了！」

和人拍掉雪，抵抗強風關上車門後，冷空氣融化在暖氣的熱中。轟轟風聲驟然停止，在窗外那頭遠去。和人邊拍掉黑色毛帽上的雪，不停重複雪超大、風超大。

「關於飯店啊，因為有團客已經客滿了。我請他幫忙問其他飯店，但全部都客滿了。」

「這樣啊。」

「我原本想去問滑雪場的大叔，但全都關上了空無一人。」

「是喔……」

「該怎麼辦才好呢？」

和人重新戴好帽子，茉莉用力握緊手機。車內響起風聲的重低音。

「小茉莉，妳怕我侵犯妳嗎？」

和人突然探頭過來副駕駛座，神情奇妙地問。僵硬身體的骨頭啪嘎一響，茉莉慌慌張張揮動雙手。但和人似乎沒有錯過茉莉故作自然地往邊邊閃躲，噗哧笑出聲。

「小茉莉真的很好懂耶。」

「才不是那樣！我又、沒有、怎樣……」

「那……我可以侵犯妳嗎？」

「什麼！」

又啪嘎了一聲。和人眼神溫柔地注視著僵硬的茉莉。

「今天的目的是和好，所以我不會做讓妳討厭的事情。」

「你心中的我啊，還是小學生嗎？我才不會因為那種事情就討厭你或怕你喔？早就已經不是孩子了。」

茉莉努力逞強模糊焦點，和人突然把手撐在副駕駛座的車窗上，整個身體湊到茉莉面前。

茉莉彷彿準備迎接衝擊反射性用力閉上眼，體內的血液瞬間燒燙，身體發熱心跳也上升。

「什麼事，也不會做喔。」

「咦……」

「不會做，在我確認妳的心情之前。」

鼻尖輕輕碰觸後，和人立刻遠離。茉莉戒慎恐懼地睜開眼，和人坐在駕駛座上用他最擅長的可愛表情笑著。

「是要和好對吧！別做奇怪的事情。」

「都大人了，別一個吻就大驚小怪啦。」

「我只和喜歡的人接吻啦！」

「妳討厭我嗎？」

茉莉閉上嘴。和人的眼神與其說認真，倒不如說像討拍的小狗。

「你這張臉犯規啦！」

用手指彈了和人的額頭。

「很痛耶，小茉莉！」

「就是要讓你痛。」

歡笑聲在車內響起。

不管怎麼掙扎、怎麼掙扎都無法逃脫。喜歡和人的心情在體內紮根，不管怎麼掙扎也無法抗拒它茁壯成長。喜歡他，喜歡到自己束手無策，甚至讓自己放棄了放棄。

「有什麼好笑的？」

「嗯？我想著好喜歡喔。」

「咦？」

「我想著我好喜歡你。」

視線交錯的前方，和人嚇得露出驚訝表情，最後變成一張融合困惑、衝擊、驚嚇、喜悅與興奮的表情往前湊過來大叫著問：

「妳喜歡我?!」

「嗯。」

「真的嗎？只有這個，我不允許妳拿這個開玩笑喔。」

「我沒辦法開玩笑親吻，也不會開玩笑告白。」

「我也喜歡妳，很喜歡小茉莉喔。」

「不是小學生的我？」

「是現在在這裡的妳。」

和人戰戰兢兢地伸出手。漂亮的指尖攏住茉莉的頭髮，把的她脖子往自己拉近，茉莉順勢把臉頰貼在他的胸口。最後大概對分開坐感到不耐煩，和人擠過來副駕駛座，把茉莉抱在腿上。

久違地被人抱在懷中，充滿了活力十足的舒適感。和人雖然身材纖細卻很有力氣，在他頸邊用力吸一口氣，他的氣味讓茉莉全身充滿安寧。

「要是早點說出口就好了。」

「要是你早點說，那我可能會逃跑。」

「是這樣嗎？太好了～」

和人貼著茉莉的臉頰發出純真的聲音，茉莉坐在他的腿上，兩人視線再度交錯後，雙手環抱他的脖子。

「妳可別逃走喔。」

「才不會逃。」

「初戀明明沒有辦法實現啊，我卻實現了耶。」

「這應該是對神童來說沒有不可能吧？」

茉莉一笑，和人便靦腆笑著把嘴唇貼上來，不停重複輕啄，接著又更加拉近，加深加重。直接感受和人的體溫撩動茉莉的理性，甜膩濃郁的深吻中，當和人的手滑過衣服底下的瞬間，茉莉條件反射地輕柔避開，連她自己也笑了。

「不可以嗎？」

「不可以。」

「我想要。」

「現在不行。」

「那什麼時候才可以？」

「你別這樣步步逼近啦。」

「當然要，我可是等很久了。」

和人把臉埋在茉莉頸側撒嬌說著，茉莉輕柔撫摸他的頭髮，在他的髮際落下一吻。

「小茉莉，好喜歡妳。」

「嗯……」

「一直好喜歡妳，在同學會上見到後，又再次喜歡上妳。」

「嗯，謝謝你……」

和人不停重複，大概是壓抑太久，已經無法停止了。
「真的……真的好喜歡妳。」
「我知道了啦。」
「如果我真的能飛上天空，也會帶妳一起去。」
「嗯……」
和人突然抬起頭，或許是發現滴落在他頸邊的水珠吧。淚水滑過茉莉的臉頰。
「妳為什麼哭？」
「……因為。」
「難過什麼？」
和人以指尖拭去茉莉的淚水，茉莉淡淡地微笑：
「笨蛋……你沒因為太開心而哭過嗎？」
「……沒有。」
「難以置信你是神童。」
「在妳面前，我只是個沒用的笨蛋……」
又再次深吻，感覺無止盡的心意終於互相交疊了。

低頭看著放倒座椅睡著的和人，茉莉坐起身。關掉暖氣的車內，身體一分開就感到寒冷。他們把滑雪衣、毛巾和大衣全拿出來墊著、披著，抱在一起睡。

雖然很想知道外頭的狀況，但所有窗戶都積滿雪，不太清楚外面怎樣。手表指著四點。

茉莉從腳邊的化妝包中拿出藥盒，從副駕駛座的置物箱裡拿出巧克力咬一口，拿出藥丸在掌心堆成小山，搭配留下一點的茶水吞下。因為不想讓和人看到這一幕，所以一直等到他睡著。

剛剛還那樣興奮說話的和人，現在發出平穩的鼾聲。他這安穩的模樣緊緊揪住茉莉的心。到底該何時坦白，說出實情之後也該繼續交往嗎？茉莉找不到正確答案。和人已經下定決心回家了，和人都已經做好覺悟了，推他一把的自己卻什麼也無法決定讓她心虛。

「……小茉莉……？」

「啊，對不起，吵醒你了嗎？」

「好冷……」

「嗯，對不起。」

茉莉又躺下後，和人用把棉被拉近的舉動抱緊茉莉，又繼續沉睡。

茉莉看著睡在一旁的戀人直到天明。

我喜歡阿和。但不是只有這樣。雖然有辦法畫下休止符。
明明現在才剛開始而已啊。

17

這年春天，和人回到東京的大宅。

一門眾人皆非誠心喜悅迎接不停逃避的長男回來，但和人為了挽回至今落後的進度拚命練習。和人回到東京後，兩人的距離雖然縮短，但和人不像之前那樣隨時有空，兩人見面的次數和先前幾乎沒有不同。

即使如此茉莉還是很滿足。每次見到和人，他都充滿光彩，背影也如同一點一滴堅定軸心般越來越凜然。

「辛苦了。」

玻璃杯互相碰撞。

今天在台場的和風創意居酒屋約會，喝口酒後，和人把話題拉回走往居酒屋路上提到的事情。

「希望妳的漫畫可以被選上。」

「要是被選上，就能過夢想中的版稅生活了！」

「妳太急了啦。但是妳很努力了呢，好棒好棒。」

和人摸摸她的頭後，茉莉心中的成就感更加被滿足了。

「你也是，可以開始練習真是太好了。」

「是啊，雖然是從基礎中的基礎開始，可以讓我進入茶室真是太好了。我今天久違地碰到茶碗，不可思議地安心了。感覺胸中的疙瘩拿掉……出現『要加油』之類的心情。」

「好棒好棒，加油喔。」

茉莉摸摸他的頭，和人靦腆一笑。原本褐色的微捲髮也剪短染黑。

兩人邊聊近況邊吃飯。

「茉莉，妳不吃了嗎？」

「啊，嗯，我吃飽了。」

「妳食量真小，不管去哪都吃不多，還是其實是偏食？我選的店不好吃嗎？」

「不是啦，我討厭的東西不多，就是為了減肥啦。」

「什麼！妳已經很瘦了！」

「只要稍微不小心馬上就會變胖！」

「哪邊？」

「別問那種猥褻的問題！」

茉莉一彈他的額頭，和人皺起臉來。

既不是食量小也不是偏食，單純不太能吃居酒屋的料理。明明為免被發現而持續演戲，但仍然老實遵從醫囑。持續做出充滿矛盾的行為遲早會出現破綻。旁人來看，會覺得兩人是登對的情侶吧。但他們還只停在二壘，委婉拒絕也有極限。和人遲早也會感到不對勁，茉莉不希望到時讓他奇怪誤解，更重要的是不想傷害和人。即使如此還是無法說出真相，茉莉被愧疚感壓垮就快窒息。

走出店家時十指交扣，和人嘴唇貼在茉莉耳邊。

「茉莉，今天呢？」

「什麼？」

「我知道妳家管很嚴，所以我會確實送妳回家。」

在茉莉感到困惑時，和人做好覺悟握緊她的手。

「我訂好飯店房間了。」

「呃……嗯……」

「我在那家飯店，訂好房間了。」

「哇——喔……你還真是大膽耶。」

「我知道有點強勢，但妳老是岔開話題。如果妳不想，有不想要的理由，希望妳能告訴我。話說回來，我近半年看得到吃不到……啊啊，對不起我說了很下流的話……但是啊，」

「……對不起……」

「妳不用道歉！啊——對不起，還是別去了。」

茉莉一低頭，和人輕輕放開手。

「對不起……回家吧。啊啊，但還是……想在一起久一點。」

和人朝飯店反方向邁出腳步，茉莉拉住他的手。雖然仍舊迷惘，但她沒辦法放開牽著的手。

「走吧……」

「咦？沒、沒關係啦！對不起，我……」

「都特別訂了，我也想要看看房間，好不好？走吧。」

茉莉擠出僅有的勇氣說完後，用力拉和人的手。

這是以王室藍為基調，氣氛沉穩的雙人床房間。靠海的窗邊可以看見海灣大橋的夜景閃閃發亮。走出陽臺，六月的風輕撫秀髮。

「好漂亮喔。」

茉莉一轉頭，靠在窗框旁的和人有點傷腦筋地點點頭。明明是茉莉強硬拉和人來，卻是和人露出滿滿罪惡感的表情。

茉莉短大的交往對象和她同年，彼此都沒有錢，去飯店也是去便宜的情人旅館或都在對方房間。沒想到現在竟然在可以看見海灣大橋的房間，茉莉輕輕縮起肩膀。就算看見眼前這片宛如畫一般令人雀躍的夜景也無法全心歡喜，這讓茉莉感到寂寞。

「茉莉，還是回家吧。妳家人會擔心吧？」

「嗯……」

彷彿要逃避和人的話而走進房間在沙發上坐下，沙發鬆軟且質料很舒服。

「我也覺得差不多該上門拜訪了，妳覺得如何？我不喜歡偷偷交往的感覺，已經不是小孩子了，和誰交往應該沒關係吧？讓妳父母見過我，他們應該也比較放心吧？」

「說的也是……」

「我……不行嗎？」

這句話讓茉莉睜大眼，和人從上方輕輕落下一吻後，茉莉的喉嚨一陣緊痛。感覺淚水就快湧出，她慌張地連同淚水倒吞一口氣。

「我想要循規蹈矩地來，妳討厭這樣嗎？」

「不是……不是這樣……」

「嗯？」

「對不起……對不……」

茉莉從沙發上往前倒攀住和人。

「茉莉？」

「……我說謊了。我說家裡很嚴、我爸很囉唆，但不是那樣……雖然他們會擔心，但不是那樣……」

「……這樣啊……」

「對不起……」

「我不太喜歡謊言。但妳有理由才說謊吧？可以跟我說嗎？」

和人的語氣連一點責備也沒有，茉莉緊緊抓住和人的襯衫，即使如此，她還是沒有足夠勇氣與覺悟說出真相。

「我搬到東京之後生了一場大病……然後，身上有手術的疤痕。我不想要讓你看到那個……」

說出早已準備好的謊言，又多了一個謊言，對這樣的自己感到深深絕望，茉莉解開襯衫鈕子。

就算消除這個謊言，或許又得說新謊來掩飾真相。就這樣裝模作樣到最後，隱瞞到最後一刻後，兩人的心意到底會在何處著地呢？

「對不起，我什麼也不知道。」

「有錯的是沒說出口的我。」

「已經沒事了嗎？」

「……嗯。」

「這樣啊，太好了……那去年說要去海邊時也是？」

「我不想要穿泳衣，對不起。」

「沒關係，別再道歉了。」

和人緊緊抱住茉莉，直接抱起她。當茉莉在床上視線游移時，溫柔的吻落在她身上。

房間燈光昏暗，兩人在床上緊緊擁抱。

被比外表更加可靠的和人擁抱，茉莉全身感受自己活著。從得知自己的生命期限至今，此時此刻最深刻感受自己活著。

活著的此一瞬間，無可比擬地令人憐愛，萬事無可取代。

活著的喜悅深植茉莉心中的同時，也清晰種下對死亡的恐懼。

不想死。明明讓自己不能追求這點活到今天的啊。

半夜醒來，茉莉輕輕拿開和人的手下床。從包包中拿出藥盒，直接走入浴室。吃完藥後，看見化妝包中的手機在發亮。五通未接來電和一封訊息，其中四通電話是家裡打來的，另一通電話和訊息來自沙苗。
『妳人在哪裡？妳媽媽打電話給我，沒事吧？妳最近樣子怪怪的，所以我姑且先暫時瞞過妳媽了。雖然知道妳不會這麼簡單就昏倒，幾點都好快打電話給我。』
沙苗的訊息讓茉莉沒看時間直接打電話，坐在浴缸邊緣聽著電話嘟聲。在第一次嘟聲結束之前，聽見沙苗的喊叫：
『喂，茉莉！妳現在在哪？還好嗎?!』
「嗯……對不起。」
『真的沒事嗎？應該不是在醫院裡吧？』
「嗯，我在台場，人在飯店裡。」
『這樣啊……太好了……我跟阿姨說妳要住在小月家裡，我等一下也會過去……但如果妳在哪裡昏倒了，那就變成我的錯了……』
聽著電話那頭沙苗有點鬧彆扭的聲音，茉莉小聲安撫她：
「真的很對不起，沒事啦……好像在利用妳真的很對不起。我跟我媽說要和朋友出門，她絕對會以為是妳……所以我就利用了這點。」
『不會啦，沒有關係，完全沒問題。我和男友剛交往時也常拜託妳幫我啊。完全沒問題，只要妳好一切都好！』

「我很好……現在和喜歡的人在一起。」

『這樣啊……真是的，妳什麼也沒對我說啊！有交往對象就老實說啊！』

「嗯。」

『……茉莉？』

「……」

『妳在哭嗎……？』

「沒哭啊……」

『怎麼了？有什麼不順利嗎？』

「……沒有，不是那樣……不是……」

『還好嗎？是不是不舒服？妳有確實告訴他吧？可別太勉強自己喔。好像強迫妳接受我的擔心很不好意思，但我可不要妳又狀況變糟喔。沒辦法一起去參加活動就太難過了。茉莉，真的沒事嗎？』

「沒事……真的沒事……別擔心，我也不想要再住院了。」

『真的嗎？」

在純白的瓷製浴槽邊緣抬起一隻腳，把下巴靠在膝上。聲音好響，有點擔心會不會吵醒和人。

「一起參加活動吧……努力畫原稿吧。我也會做妳的新服裝喔。」

『我很期待喔。』

「……沙苗……」

『嗯？』

「……謝謝妳。」

『咦？討厭，妳在說什麼啦！』

「謝謝妳當我的朋友。」

『……』

「要一直當朋友喔，到死都一直是朋友喔。」

『笨蛋，是生涯現役啦！等我們變成老奶奶之後就扮成老奶奶的角色！要一直在一起。』

「沙苗，我很喜歡妳喔。」

『我也超喜歡茉莉，我的搭檔就只有妳一個！等妳回來後要告訴我妳男友的事，我會帶原稿去找妳玩。』

「我想吃蛋糕……」

『好啦好啦，我會帶妳喜歡的去。』

「對不起，我這麼任性。」

『這點才不算任性！妳可別跟我客氣！快點去吧，他在等妳吧？晚安。』

「……晚安。」

『……茉莉。』

「嗯？」

『就算是朋友，妳也不必勉強自己全說出來。但是，如果真的撐不下去就來找我。如果他也不行爸媽也不行自己也不行的話就來找我，好嗎？』

「……」

『全部自己背負可一點也不棒喔？茉莉已經很努力了。所以抬頭挺胸要有自信，雖然大家都愛說妳祭典祭典的，但妳是茉莉花的茉莉，不需要勉強自己吵吵鬧鬧。不用老是想要取悅其他人，可以任性點。如果有人因為這樣背棄妳，那種人丟掉就好。知道了嗎？茉莉，妳不需要自己一個人痛苦。』

「……謝謝妳，沙苗，我好喜歡妳。」

掛斷電話後，茉莉把臉埋進腿間壓抑嗚噎。

今晚所有一切都令她愛戀。發現身邊全是捨不得放手的東西，感覺胸口快要被撕裂了。

想要再多活久一點。

縮在空蕩蕩的浴缸裡抱膝，茉莉不停不停哭泣。

愛人這件事，痛苦到讓人不停抽噎。好重好深快要溺斃了。
溺斃時得獨自沉下去才行。得做好覺悟絕不能朝和人伸出手。
那麼，時間也差不多了。
得開始做好死的準備了。

18

沙苗遵守約定買了很多茉莉喜歡的蛋糕，立刻就來找茉莉。

「喔，小學同學啊，真不錯耶，同學會上舊情復燃。」

沙苗邊吃蒙布朗邊調侃地說。

「但沒想到是遠距離戀愛耶，我都沒發現……太大意了。」

「對不起沒有告訴妳，感覺平常也都手忙腳亂在畫原稿。」

「啊，妳在畫原創故事對吧，什麼時候發表？」

「大概是年底吧？但我還會畫別的投稿到其他地方。」

「喔，妳好努力。但我覺得妳可以當漫畫家耶。搞笑、認真的都很有趣，不管少女漫畫還是少年漫畫應該都有不錯發展吧。」

「聽妳這樣說，讓我有自信了。」

「是嗎？但職業還是很辛苦喔。我最近不是開始接小說插畫的工作嗎？客戶要求很多超煩，但是啊，嗯，賺錢真辛苦。」

「是啊，但也覺得現在才發現的我們好像有點糟。」

彼此露出不中用的表情互看後，異口同聲笑出來。

替兩人添新的紅茶時發現視線抬起頭，發現沙苗正盯著她看。

「幹嘛？」

「茉莉，感覺妳好像有點不同。」

「咦？哪裡？該不會是變胖了吧?!」

「不是啦，該怎麼說呢，就是女劍士脫下鎧甲的感覺。」

沙苗一臉得意地說著，但茉莉完全聽不懂。她皺起眉頭思考沙苗話中之意時，沙苗又繼續說：

「就是一臉戀愛的表情啦。」

聽沙苗用透徹的聲音如此說，茉莉羞得絲毫無法回嘴。

「欸茉莉，妳要和那個和人結婚嗎？」

「……不知道耶，他是下一代的家元，平凡人的我應該配不上他吧。」

「茶道的世界我只在漫畫上看過，但果然很嚴肅吧。茉莉乾脆也去學茶道如何？那邊也有收學生對吧？」

「嗯～我也不太清楚耶……」

茉莉含糊其辭，曾經跑去刺探這種事，她覺得丟臉得說不出口。

「我最近在想，妳結婚的時候能讓我替妳做婚紗嗎？所以我結婚的時候，希望妳能替我做婚紗。前陣子蒂夏的婚紗，那真的超完美的。」

前幾天在活動上穿的服裝大獲好評，還登上以前曾替沙苗做過專題報導的角色扮演雜誌封面，大家約好最近要聚起來慶祝。

「是嗎？但能登上雜誌封面真的嚇了一跳，沙苗好像藝人喔。」

「不是我厲害，衣服是茉莉做的耶！是茉莉很厲害！好不好？好不好？好嘛好嘛，婚紗！」

「嗯——這個嘛……但是結婚……啊，妳男友該不會跟妳說了什麼吧？」

沙苗邊聽房間裡播放的最新歌曲，叉起蒙布朗的栗子一口吃下。

「嗯，要結婚。我想要結婚，對方也說了結婚吧。他很放任我當宅宅，也很認同我畫畫，我就覺得大概只有這個人了吧……」

「這樣啊，恭喜妳！」

「他對我說了，如果現在很開心，那就別說將來有天要怎樣。開心很好，也贊成我做開心的事情，但就不喜歡我說現在開心就夠了。」

「所以妳才會開始接插畫工作嗎？」

「嗯，小月也對我說可以就這樣當專職漫畫家，但是我沒被束縛過，還是覺得有點恐怖，所以想說先從插畫開始。雖然是個完全不輕鬆的工作啦……但是，我稍微可以看見未來了。」

「這樣啊。」

「我很喜歡畫喜歡的漫畫，玩角色扮演『哇——！』的感覺，但心中總有某處想著不能一直這樣『哇——！』下去……所以有種被狠狠踩中核心的感覺。但是啊，我覺得因為這樣跨出一步真的太好了。也對跨出腳步的自己感到有點安心。」

「沙苗是不停開創自己人生道路的人，好厲害喔……」

「人生道路不是可以交給別人開路的東西嘛，只有這點隨著年齡增長痛切地感受。」

沙苗害臊地說完後把剩下的蒙布朗吃光，茉莉也把提拉米蘇送入口中。甜蜜微苦的滋味慢慢滲透入體內。

七月七日七夕夜晚，兩人在台場的飯店裡。這次是茉莉為了只能在晚上見面的和人預訂房間。

「生日快樂。」

「謝謝。」

擺滿桌的料理和蛋糕是茉莉在家裡做好帶來的，打開白天買的紅酒互相碰杯後，和人開心地露出滿臉笑容。

「守住約定了呢。」

茉莉邊往和人的空酒杯中倒酒邊小聲說道。

「約定？是什麼啊？」

「去年我生日時你不是有打電話給我？那時我說，明年你生日時我絕對要對你說生日快樂。」

「啊，我想起來了，我緊張得要死打電話那次。」

和人邊吃鮮紅新鮮番茄搭配白色莫札瑞拉起司的卡布里沙拉邊苦笑。

「茉莉的姐姐……是桔梗對吧？我偶然看見桔梗和新谷在超市裡聊天，那時我想著應該要放棄妳了。傳訊息給妳妳也沒回，也不接我電話，我想，啊，妳在東京果然有男友吧。」

「對不起。」

茉莉縮起肩膀，和人邊舀起紅酒燉牛肉邊繼續說：

「我在外面等妳姐姐離開超市……啊，這果然和跟蹤狂沒兩樣……然後，就說了『茉莉小姐在那之後過得如何呢？』之類的，接著說我再來要去東京想和妳聯絡，她就告訴我電話了。」

「桔梗很不會懷疑人嘛，但你看起來也不是壞男人啦，就是人畜無害的感覺嘛。」

「妳這是在誇獎我嗎？」

和人不服氣地抓過茉莉的手交纏，茉莉點點頭。

「在誇獎你啊，我就喜歡這樣的人。你也吃吃看烤牛肉，我很努力喔。」

「茉莉真會做菜。」

「桔梗很會做菜，都是她教我的。桔梗很聰明，只要做過一次就全部記起來，所以食譜和她自創的食譜筆記全留在家裡，我只是照著做而已。」

「很好吃喔。」

「真的嗎？但我覺得還是桔梗做的比較好吃。我要再好好向桔梗……」

「茉莉做的才好吃。」

和人打斷茉莉，視線對上後，露出人畜無害的笑容，茉莉也笑瞇了眼。

自從在街上超市舉辦的「媽媽的肖像畫比賽」以來，就沒人誇獎茉莉「比桔梗還好」。小時候，姐妹一起參加「母親節企劃」的繪畫比賽，茉莉的畫名次比桔梗還好。到展覽結束前，茉莉幾乎每天都會去看。當時超市的大哥哥對她說：「妳好會畫畫，比姐姐畫得還棒。」這也是茉莉喜歡上畫畫的原因。

「茉莉？」

「沒什麼，啊，我幫你切吧？」

「嗯。」

祈禱般看著和人吃下她練習好幾次的烤牛肉，咀嚼牛肉的和人眼睛閃閃發亮，茉莉在內心跳了起來。

和人從床上朝床邊桌上擺放的各色紙張伸手。

「要不要寫短籤？」

「……畢竟是七夕嘛。」

「茉莉的願望是什麼？」

「這個嘛……希望可以實現夢想吧，阿和呢？」

「那麼，希望到秋天的茶會之前，我的沏茶技巧可以精進。」

兩人躺在同一個枕頭上，額頭相貼互相微笑。

起床穿上浴袍，各自在房間裡準備好的短籤上寫上自己的願望，然後綁在陽臺的小小竹枝上。

「啊，我還有。」

「你好貪心喔。」

和人轉過身去跑回房內。

茉莉看著和人綁在竹枝上字跡漂亮的願望。抬頭看天空，海灣大橋太明亮，一顆星星也看不見。

「寫好了。」

跑回來的和人的短籤上寫著「希望兩人可以永遠在一起」。

「這是我最大的願望。」

注視著將短籤綁上竹枝的和人指尖，茉莉輕輕揚起嘴唇。和人無比純真的心意打穿茉莉的心，感覺心就要這樣被打碎了。

我的願望中沒有「兩人」。

希望和人可以幸福。七夕早晨，我把這個短籤綁在商店街的竹枝上。

這是我唯一的願望。

僅能祈禱的我的，願望。

19

夏天正式到來，接下來輪到茉莉生日，和人送了對戒給她。

去迪士尼海洋玩了一整天，當天在園內的飯店住一晚。因為在豔陽下跑來跑去，茉莉的身體十分疲倦。疲倦到了極限反而睡不著，醒來時床邊時鐘顯示早已過兩點，已經變成平凡的八月二日了。茉莉看了和人的睡臉一陣子後，右手伸到半空中。在照亮腳邊的昏暗燈光中，呆呆地看著手上的戒指。

這是蒂芬妮的最新款商品。前陣子在雜誌上看到的戒指，現在就戴在手上。和人單純地因為兩人有成對的東西而開心，這令人憐愛的純真從認識他起便不曾改變過。

「……」

緊緊握拳。

已經該分開了。再繼續在一起只會傷害和人，自己會因為這份愛窒息死亡。

睡在同一個枕頭上的他安穩沉睡，他應該早晚都努力練習，且忙於雜務吧，卻卯足幹勁玩遍了所有娛樂設施，他也很累吧。茉莉把臉埋在他的頸側閉上眼，心臟撲通撲通打在肌膚上的聲音讓她遲遲無法入眠。

隔天離開飯店後，和人彷彿臨時起意說：

「欸，要不要現在去秋葉原？」

「什麼？」

「帶我去妳常去的店，沒有那類的店嗎？」

「什……你突然說什麼啦……」

「又沒關係，好不好？妳和那個叫沙苗的朋友一起去的地方，也帶我去啦。」

看著如小狗搖尾般央求的和人，茉莉明顯擺出不情願的態度。

「別去比較好……因為真的很宅……」

「別擔心，我有免疫力。」

「免疫力……你是去打針了嗎？」

「大學研究室裡有電腦宅，他常常帶我去。」

「……感覺國立大學的理科電腦宅和動畫宅不太一樣耶……」

「不行嗎？」

「你別用那張臉說話！」

被他用小狗般的大黑眼盯著看，讓茉莉無法斷然拒絕。

結果來到秋葉原後，和人與昨天相同興奮地到處跑，茉莉偷偷打了個哈欠跟著他。和人彷彿看遊樂設施一般走在這無從隱藏被染上宅宅色彩的街頭。

因為和人堅持要去茉莉常去的店看看，茉莉只好無奈地帶他去。

「阿和你啊，不討厭這種嗎？放任態度？」

「不是放任，只是想看看妳喜歡的東西。我什麼事情都願意嘗試，所以認識很多和妳相同的人。大家都對那件事情很專注，然後很喜歡也樂在其中。我覺得那真的好棒，因為我辦不到啊。所以我覺得不管是衝浪、田徑還是動漫都沒有差別。」

「你心胸真廣大。」

「我對茉莉很寬容喔，因為喜歡妳啊。」

「……」

「別害羞嘛。」

「才沒有害羞。」

茉莉轉過頭去，超級無敵害羞。在秋葉原的中心談情說愛，難為情的害臊感竄過全身。

茉莉帶和人去的，是不只販售服裝，從假髮、小飾品到化妝用品一應具全，角色扮演玩家們最愛去的店。

一走進去，這醞釀出獨特喧嘩感的店家，讓對很多事情都不為所動的和人也不禁睜大眼。

站在擺滿色彩鮮豔假髮的櫥窗前，張大嘴巴呆站著。接著發現茉莉很不安地看著他，和人含糊一笑。

「咦？是茉莉。」

櫃檯那頭突然有人喊她名字，店裡的顧客與和人也一起轉過頭。一下就被發現是常客，茉莉覺得好尷尬。

「男朋友？」

「啊……對……」

「他也是玩家嗎？」

「不是！他只是普通人，雖然是普通人……但他說想看看……不好意思。」

「別在意別在意，看他感覺很愉快。」

一個不注意，和人已經跑到另一頭的服裝區去看了。大概是發現眼熟的動漫服裝吧，拿起來從上到下打量著。看見和人佩服得又「喔——」又「哇——」的，一身龐克打扮，從頭到腳強烈主張自我的店員也格格發笑。

「啊，茉莉，我看到這個了喔！」

店員從櫃檯下方拿出角色扮演雜誌來，那是沙苗和月野登上封面的雜誌。

「這個服裝超棒，店長也非常誇讚喔。他還說如果妳不是畫漫畫的，絕對要挖角到我們店裡來。大家都很期待妳夏季的服裝喔。」

「才沒有……我不行啦。」

「但話說回來，這服裝真的做得太棒了。能撐起這套衣服的姬華也很厲害，但能忠實重現的茉莉也非常厲害呢。」

「咦？在說什麼？」

和人突然插進對話中。

「啊，這個是蒂夏和理理亞，結婚典禮的那個。」

「咦？男朋友也知道啊？」

「對，我也有看。」

「聽說他從小就喜歡機器人這類的動畫。」

茉莉在旁補充說明，和人親切笑著點點頭。

「這就是沙苗。」

「咦？哇，好可愛喔。」

「然後，做這套衣服的人就是茉莉。」

店員交互指著服裝與茉莉，和人再次仔細盯著雜誌看完後，發出驚訝的聲音：

「太強了。」

和人大聲歡呼，茉莉縮起身體，店員格格笑著。

在店員被顧客找去離開後，和人還直盯著雜誌看。

「好厲害喔，這和電視裡的一模一樣。真虧妳可以忠實重現耶，是怎麼做的啊？因為這可是只在故事中出現過一次的服裝吧？」

「嗯～錄下來後暫停再畫下來……然後在官網上或其他地方查詢其他細節……」

「哇，茉莉果然很靈巧。妳工作上在這方面應該也能成功，妳還在企劃部門之類的地方吧？」

「嗯……是啊……」

「但茉莉的夢想是畫畫，話說回來真的好厲害。」

「那個，兩位要不要試穿看看？」

店員從另一頭揚聲問他們，他們轉過頭。

「喜歡十字局的話，這件如何啊？」

「我要穿我要穿！讓我穿！」

「欸，阿和！」

「又沒關係，而且那個是理理亞的軍服！」

和人開心地跑到店員身邊，茉莉用力嘆了一口氣。

和人從試衣間走出來時，不只店員，連在另一頭的女性顧客也一陣騷動。

「哇塞！超適合你！男朋友超級帥氣耶！」

「是嗎？這好驚人，簡直跟真的一樣。」

茉莉則因為讓和人穿上角色扮演服裝的衝擊，以及和人過於帥氣的衝擊而全身僵硬。

「如何？」

「……那個……」

「欸，茉莉也穿個什麼吧？既然如此，像是女主角蒂夏之類的。」

「啊，好主意耶～我們家也有蒂夏的最新服裝喔。」

「呃，不用啦！我不用！我不適合扮蒂夏啦！」

茉莉慌張說完後，和人輕輕歪頭。

「妳沒穿過嗎？」

「就是沙苗那樣輕飄飄感的女生扮起來才可愛，我不適合……」

「所以茉莉不是輕飄飄感的女生嗎？」

「那還用說！我又不像沙苗那麼瘦也不可愛……」

「我就喜歡茉莉的。」

和人說出熟悉的一句話後咧嘴一笑。

「茉莉，穿穿看吧？妳也已經夠可愛了。」

「就是說啊。」

和人在旁毫不害臊應和，店員邊爆笑邊不由分說地把茉莉和衣服推進試衣間內。茉莉心不甘情不願地換上衣服，拉上背後的拉鍊，轉過身看鏡中的自己。第一次穿上女主角的服裝很擔心自己不合適，但她心頭為之一震。

「茉莉，換好了嗎？」

「啊，嗯。」

「茉莉，快出來～」

在店員看熱鬧的呼喊下戰戰兢兢拉開門簾，這次換成和人遭受衝擊動彈不得了。

開心的兩天一夜慶生旅也將近尾聲，下車站在月臺上，茉莉一如往常微笑著說謝謝。

和人心想，她今天也不會讓自己送回家吧。想更進一步卻無法更靠近，不管距離多近都無法毫無隔閡。這種距離感讓和人感到焦躁，他記憶中的茉莉是和所有人打成一片，精神充沛又開朗的女孩。但現在的她，有當人想更進一步時便會關上背後的門並露出呵呵微笑的一面。所以和人才會買了對戒，他左思右想茉莉會如此做的理由只有一個。和人忘不掉七年前深愛的那個女孩曾說過的話，茉莉是否也恐懼著家元這個身分呢？

「今天謝謝妳帶我去妳喜歡的地方，我很高興。」

「你別那麼開心啦，我可是感覺比裸體還丟臉耶。」

看見茉莉苦笑，和人一瞬間露出笑容又立刻恢復原本表情，接著盡可能別太嚴肅地問：

「下一次要不要去我覺得開心的地方？」

「咦？哪裡？」

茉莉探出身子，表情閃閃發亮地問道。

「來我家吧，我想要讓妳品嘗我刷的抹茶。」

「……啊、啊、但是，我對禮儀什麼的完全……」

「完全不需要那些，我又不是想要妳在誰面前喝。而且我也尚在學習……但是，我希望讓妳看看，我正在做些什麼。是妳推我一把的對吧？是妳狠狠痛罵不停逃竄的我吧？所以我一直想著要讓妳看看……不行嗎？」

那不是和人最擅長的小狗眼，而是認真男人的眼神。茉莉下意識摸了摸右手的戒指。有預感肯定會發生超越其上的事情，讓她微微顫抖。而且要是遇見和人的母親就糟透了。

「茉莉……」

「……嗯……我知道了……」

和人放下心中大石般綻放笑容，這又加深了茉莉的罪惡感。

「妳快回家吧，路上小心喔，明天工作加油。」

「謝謝你，你也是。」

「嗯，我晚一點打電話給妳。」

茉莉點點頭微笑後轉過身。

月臺上響起茉莉涼鞋的喀喀聲，和人注視著她的背影目送她。音樂聲響起，電車進站了。茉莉朝收票口前進。和人眼角看著電車，仍目送著茉莉。茉莉總會在收票口前回頭，和人等待著。

電車停下後，乘客上下電車。茉莉的背影被人潮遮掩變得模糊，和人不停探頭注視著。

茉莉沒有回頭。在人潮不停往收票口移動中，茉莉停下腳步。

電車門關上的瞬間，仍站在月臺上的和人視野中，看見茉莉突然無力倒下。

「茉莉！」

慌慌張張跑上前抱起茉莉，她已經失去意識。

腳步聲在醫院的候診區響起，和人抬起頭，茉莉的雙親發現後跑到他身邊。

「茉莉呢？」

「啊……總、總之已經先處理好了，聽說是貧血。」

「貧血啊……」

一臉恐怖表情飛奔而來的雙親，誇張地鬆了一口氣。這也是當然，不管是誰聽見女兒失去意識被送到醫院都會很驚訝。如此一想，和人端正姿勢後一鞠躬。

「都是因為我帶著茉莉到處跑，真的非常抱歉。」

「你是通知我們的人吧？」

「我是真部和人，大約半年前開始和茉莉交往。我們是在群馬時的小學同學，茉莉到姐姐那裡玩時重逢。我現在也住在神田的老家。」

「這樣啊……沒想到茉莉有這樣的人。」

茉莉母親勉強扯出笑容，但父親仍一臉無法接受。

「茉莉呢？」

「啊，在那邊的處置室裡，現在睡著在吊點滴。醫生要我待在這邊別吵醒她。啊，然後醫生說送到御茶水的大學醫院去比較好……我把茉莉錢包裡的診療卡拿給醫生看之後，醫生似乎幫忙聯絡了。」

「我明白了，非常謝謝你，你先回去吧。」

「不，請讓我陪在她身邊。」

「三個人陪病也會造成醫院困擾吧。」

才對。

「爸爸，別這樣……」

就算母親在旁勸說，父親仍一臉恐怖。和人後悔著，果然應該要強迫茉莉讓自己登門拜訪

「我去看看茉莉。」母親說完後走進處置室，剩下兩人面對面表情緊繃。

「你叫真部是吧。」

「是的，那個，晚了一步才向您問候真的……」

「問候就先省了，茉莉能有那種心情我也很開心。因為我一直希望她身邊能有讓她感到安寧的人。」

父親要和人坐下，和人重新在椅子上坐下。仔細一看女兒選擇的男人，有張精悍出色的臉孔。但還是無法老實地感到開心，不是因為父親特有的嫉妒，而是類似更深度悲傷的情緒。

「你能夠接受茉莉嗎？」

「什麼……？」

「那孩子已經二十七了，已經幾乎沒有時間了，你還是要選擇她嗎？」

「那個……不好意思，我聽不太懂您的意思。」

父親看著和人，和一臉困惑的和人對上眼後，父親差點驚叫出聲連忙摀住嘴。

茉莉被送到看診的醫院後，立刻決定要住院了。雖然說只需要休養兩、三天，雙親和主治醫師走出病房說話。低頭看單人房昏暗燈光下的茉莉，和人輕撫她的臉頰。

她父親明明想說什麼，卻在途中結束對話。和人不停低頭拜託才讓不由分說反對的父親讓他跟到這裡來，但只是個貧血，雙親和醫師的表情都太過嚴肅了，而且還要住院。

是以前生的那場病還沒完全治好嗎？回想起茉莉胸前傷疤的觸感，和人心胸湧上不安。

「……阿和……？」

茉莉醒來了，和人探上身去看她。

「茉莉……！感覺怎樣？有沒有哪裡痛？」

「沒事……這裡……」

茉莉移動視線，立刻問了「醫院？」和人點點頭，茉莉露出極為悲傷的眼神抬頭看他。

「對不起……」

「為什麼說對不起？」

「給你添麻煩了對吧……？」

「沒有添麻煩。」

「但是……難得玩得那麼開心啊……」

「很開心呢，下次再去吧。」

茉莉虛弱地點點頭。發現茉莉想勉強扯出笑容，和人輕柔地包住她的臉頰。

「如果妳有想說的話就說，想睡覺就睡。」

「……現在幾點？」

「十一點半左右吧。」

「你快回家……我已經沒事了，沒什麼大不了的不用擔心。你還有練習。」

「我會在妳身邊。」

「我沒事，只是昨天沒什麼睡，前一天也太開心太期待睡不著……所以沒什麼大不了，我想只要睡一覺就好了。」

「那妳快睡。」

和人握住茉莉的右手，兩人的戒指輕輕碰撞。

「但是……」

「我已經打電話回家了，妳別那麼擔心我。」

「但是……已經很晚了……」

「我沒有關係，妳可以多依賴我一點。妳可能有些事不想說，但我希望妳能對我說。妳是我最重要的人，不需要對我客氣。」

茉莉的眼眶逐漸蓄滿淚水，和人用指尖拭去她滑過臉頰的水珠。

「我喜歡茉莉，比起初戀的妳，我更喜歡現在的妳。」

和人的嘴唇貼近，茉莉直接伸出手環住他的脖子。緊緊擁抱後，茉莉攀住浮木般緊抓和人的襯衫。

「對不起……」

「但是……」

「我就說妳不用道歉，這不需要道歉。」

「妳希望我怎麼做？妳也好好對我要求，要不然就不公平，老是我要求妳做事。」

「才沒那回事……你只要和之前相同就夠了……維持這樣就好。」

「這是妳的願望？」

拉開身體對上視線，茉莉戒慎恐懼地用雙手包住和人臉頰，和人可以感受她在發抖。

「維持這樣就好，阿和一直這樣就好。相信自己前進的道路，持續練習……一直當個溫柔溫暖的人。」

「嗯。」

「約好了喔，不可以再逃跑。」

「嗯，我知道了。」

「已經不會再崩潰了？」

「對，已經沒問題了，因為我有妳。」

茉莉的淚水不停滑落，吸吸鼻子小聲笑了一下。茉莉把臉埋在他的肩頭又再說了一次：

「——別崩潰喔。」

她的聲音充滿悲傷，和人緊張地抱緊茉莉的背。在病房昏暗的光線中，茉莉看起來隨時都會消失。

到極限了。我已經疲於說謊了。所以好想沉睡。

這不是放棄，而是跑到終點的疲憊感。所以雖然非常累，也非常滿足。

接下來就是向最喜歡的人們說謝謝，然後拜託，讓我入睡吧。

20

正如預期，原本預計兩、三天的住院期間又延長了。向沙苗道歉不能去參加活動，還請她到自己家裡拿做好的衣服。沙苗把活動當天拍的照片全印出來，拉著月野等人到醫院來。

和人只要有時間，就算只有一小時也會來看茉莉，總是會帶她喜歡的東西來。

住院三週就出院了。在久違的病房中，茉莉拚命地思考接下來該怎麼辦。每次和人來都大幅動搖她的心情，與此同時，病房裡的和人讓她想起禮子的丈夫，茉莉下定決心。

夏末終於結束，秋風開始吹拂時，茉莉造訪和人的家。和人站在茉莉熟知的大門底下，身穿青綠色和服搭配深褐色的袴，外面披上比和服深色的和服外套。

「歡迎。」

「簡直變了個人耶。」

「首先要從外表開始嘛。」

順著和人的邀請穿過大門，和一年前不同，大宅內相當安靜。但細心整理的美麗庭院仍然健在。

「妳不驚訝啊？」

「咦？」

「第一次進來的人幾乎都會很驚訝喔。」

「……因為我不是第一次來。」

和人嚇了一大跳。茉莉手指洋樓的另一頭，淘氣地說：

「我曾經在那一頭的茶室裡體驗過。」

「什麼！我第一次聽到。」

「我第一次說啊。因為這好像跟蹤狂一樣，不對，比跟蹤狂還糟糕，好像刺探什麼一樣。」

「……那是什麼時候的事？」

「去年秋天，……對不起。」

「不會啦……有點嚇到就是了……」

「一開始嚇一大跳喔，這麼大的房子，我只看到大門就想回家了。但是，很想看看你討厭的地方。很沒品對吧，真的很對不起。」

「沒關係啦……妳一副完全沒興趣的樣子，原來多少有點在意我啊。」

「老實說，到這裡來之後有點退縮。」

「今天沒人在家，妳安心吧。他們到其他地方去了，晚上才會回來，我今天也請幫傭的人別來了。」

「原來還有幫傭啊……」

「退縮了？」

「因為我是平凡人啊。」

和人柔柔微笑後摸摸茉莉的頭髮。

和人領她進茶室後，坐在寂靜中的茶室鐵釜前，只是這樣就讓室內氣氛嚴肅起來。

「放輕鬆沒關係，也不用勉強自己跪坐，不用在意禮節沒關係。」

「嗯，我知道了。」

雖然點頭，但茉莉仍舊打直腰桿沒有放鬆姿勢。

「請用茶點。這是栗金團，很好吃喔。」

從和人手中接下懷紙後，拿起盤子上茶巾絞狀的栗金團。

「我開動了。」

一鞠躬後，坐在鐵釜前的和人溫和一笑。

和人開始刷茶，使用茶刷的動作也有模有樣，一雙手彷彿各有意志地移動著。邊聽刷茶時好聽的聲音，茉莉感受到看見他母親那時相同的感動。

茉莉沒錯過任何細節，注視著和人一連串的動作。身處嚴肅寂靜中的他，毫無迷惘地美麗。

雖然不懂床之間的花朵、掛軸與茶碗的價值和意義，但這全都包含著和人的心意吧。一想到他是想著自己，為了自己準備這些，就讓茉莉胸口一陣緊縮。在這小小的房間中，充滿了和人的愛。

右手接過和人遞上前的茶碗，放上左手心。茉莉笨拙的動作讓和人揚起嘴角。

「我開動了。」

和人看著坐在那邊的茉莉，心想下一次絕對要讓她穿和服，她肯定能把和服穿得很美吧。雖然今天穿洋裝，但她選了高雅的裙子和白色襪子，她的這份貼心讓他開心。和人微笑地看著眼前對不習慣的禮節陷入苦戰的她，心想「果然只能是她了」。

轉了兩次茶碗，分幾口飲盡茶湯。指尖輕輕擦拭就口處後，再用懷紙擦拭手指。把茶碗正面轉到自己面前後輕輕放下，茉莉雙手貼著茶碗，仔細欣賞白色基底畫出紅色流水線條的茶碗。

「這個茶碗真美。」

「到了冬天我們再去滑滑雪板吧。」

「咦？」

「不覺得那個花紋很像滑雪的痕跡嗎？」

「……就因為這理由？」

「就因為這理由。」

和人明確說完後，茉莉噴笑。

「就算因為這樣也沒問題吧？」

「說的也是，簡單明瞭。非常好喝，多謝你的款待。」

茉莉一鞠躬，和人也規矩地回禮。

走出茶室在庭院裡逛，細心整頓的庭院還留有些許昨晚下雨過後的氣味。

「茉莉，妳挺有模有樣的喔。」

「是嗎？我只有在當時學過一次而已喔。那麼，應該是你母親很會教吧。」

「妳要不要乾脆來練習？」

「咦？」

茉莉停下腳步，和人轉過頭來。只要順著鋪在種滿青苔上的踏腳石走，就可以看見讓客人休憩的小茅棚。有個小屋簷的茅棚圍繞在尚未開花的山茶花綠葉中，和人要茉莉一起坐下。葉片隨清爽秋風吹動發出沙沙聲。

「我來配合妳上班的時間，雖然還不夠格教人，但以個人身分的話也不會讓人說閒話……慢慢來就好了，要不要學看看？」

「你要教我嗎？」

「嗯，下班後之類的……不行嗎？」

「這樣一來見面的時間就能增加了呢。」

「對不對？」

和人用力點頭，但茉莉沒有馬上回覆。茉莉一句話也沒說，一張不知道在想什麼的表情眺望庭院。和人偷偷低頭看她的手指，沒看見剛剛還戴在手上的戒指，他突然感到相當不安。

「對不起，老實說練習什麼的無所謂啦……」

「咦？無所謂嗎？」

茉莉柔和的微笑更加深和人的不安，和人焦急地探上前：

「茉莉，和我結婚吧。」

「……」

「要是和我在一起，會有很多不習慣的事情，但我會全部教妳。我會努力不要造成妳的負擔，也絕對會支持妳不會讓妳混亂，所以……」

「工作呢？要我辭掉嗎？」

「啊……那個……」

和人啞口無言時，茉莉露出安撫他的笑容：

「阿和，你不需要這樣全部自己一個人背負起來也沒關係吧？因為你前女友那樣，你才會這樣說吧？我覺得你不需要那麼努力也沒關係。你絕對能找到只要在你身邊，任何事情都能努力的人。雖然茶道的世界很辛苦，但肯定可以找到那個人。」

「茉莉……？」

和人聽不懂茉莉在說什麼。

「對不起，但我似乎不是那個人。」

「這是……指妳的工作嗎？」

「不是，我有好多事情得向你道歉才行，我今天來就是要全部說出來。」

茉莉轉過頭來看和人，她的視線讓和人身體一僵，不好的預感猜中了。和人已經先感覺到，從茉莉口中不會說出任何有意義的話。

「我一直欺騙討厭謊言的你。」

「欺騙……？」

「對，其實我沒工作，既不是服飾業的員工，也從來沒有上過班。……我弄壞身體，醫生說我不能工作。身上的傷其實是七年前手術留下的疤痕，我念短大時發病，才會這樣。」

「……這……哪裡不好……？可以問妳是什麼病嗎？」

「說了你大概也不知道，主要是肺臟不好……但很多地方也跟著變差，已經不知道是哪裡最差了。」

茉莉聳聳肩輕輕一笑。

拚命利用網路和醫院的資料室查資料，也曾努力想要理解自己的身體。但最終只能得知這是遺傳性疾病，以及尚未找到治療方法。

查了越多資料，越是試著想要與疾病對抗，只是更接近死亡，讓希望遠離。

最後應該會像以前聽到姑姑講的，無法止住咳嗽，因為呼吸困難而死亡吧。

「沒辦法完全治好嗎？」

一時沮喪低頭的和人抬起頭，茉莉直直看著他說：

「已經治不好了，所以我沒辦法和你背負相同的東西。我已經沒有那個力量了。」

「治不好……咦？治不好的病是……」

「我會死。」

「——」

和人的表情一變，如同和父母走散的孩子突然明確理解自己迷路一般，和人睜大雙眼。

「死？」

「對，會死，我會死。」

「為、為什麼？」

「因為病治不好。」

抬頭看著站起身的和人，茉莉語調平淡地回答，和人毫不隱瞞自己的困惑。

「治不好……藥物呢！妳去住院好好治療！這樣一來……」

「已經做過了喔，但還是治不好。現在全世界都沒有能治我的病的藥，所以我會死。」

「為什麼……」

「這是，命中注定。」

「命中注定？」

「對，就跟你出生在這個家注定要走茶道一樣，我也注定會因為這個疾病死掉。」

「不一樣！我要走茶道是我自己選擇的！所以妳要說妳自己選擇了要死嗎?!為什麼是茉莉……為什麼？果然是因為前陣子那件事？是我的錯？」

和人跪在茉莉跟前，泫然欲泣地抬頭看她。這遠遠超越想像的話題在他的思緒中散亂成一團，完全無法統整，茉莉用另一隻手包住他的手。

「不是你的錯，你沒有做錯任何事。」

「但我帶著妳到處跑……根本沒有想過妳身體的事情……」

「因為我說了很多謊讓你不要想啊，對不起，真的很對不起。」

「茉莉……我不要啦茉莉，妳別死……絕對沒有治不好的病，我去探聽，用我爸的關係去問最厲害的教授。」

「……我的主治醫生是很厲害的人喔，但還是治不好，所以我會死。所以我沒辦法和你結婚，已經不能繼續在一起了。」

「為什麼？妳為什麼要這樣全部捨棄！我也能做些什麼吧？可以為了妳做些什麼吧！」

和人拚了命想要挽留，茉莉安撫地對他微笑，這聖母般輕柔的微笑反而傷和人更深。

「已經夠多了，你已經為我做了太多了。最後的回憶……你替我實現了好多我已經放棄的事情……非常謝謝你讓我當你的女朋友。」

「我不要……我早就決定了，我要娶茉莉為妻，已經決定好了所以不行。」

「對不起，已經沒辦法了，我根本派不上用場。戒指，還給你。這也謝謝你，我真的很高興。」

輕輕地把銀戒放在長椅上，茉莉慢慢抽開和人的手站起身。緊咬嘴唇要自己絕對不能哭出來，全身痛得像是被輾碎。轉過身背過和人時，身體一度輕輕發抖。

「茉莉……妳為什麼知道自己會死……」

「……醫生宣告我只能再活十年，在那之後已經過了七年，所以只剩三年。」

「三年後就會死？」

「對。」

「……為什麼，為什麼是茉莉。」

無法回答，但是從和人口中聽到這句話，讓茉莉感覺獲得救贖。

沒有回頭拋下一句「再見」後，茉莉留下茫然若失的和人走出庭院。快步鑽過宏偉的大門，背對大宅往前走。

是你讓認為唯有死亡才是安息的我活下來。

所以我開始害怕死亡。

害怕死去。

正因為如此，我現在才真實感受自己活著。

和人——謝謝你

21

在那一週之後，茉莉答應了桔梗「楓葉很漂亮，要不要來？」的邀約。這一週氣溫驟降，楓葉一轉眼就染上秋色了。

和在家裡相同，茉莉在桔梗家也沒辦法開心歡笑，沒辦法在該笑時笑出來，越想著不能讓家人擔心就越笑不出來。沒辦法好好做到前陣子還能做到的事情。

想著得做些什麼才行，茉莉離開姐姐家，隨處閒晃散步，眺望秋季的天空。

失去後才深切感受，他已經成為生活、心靈，所有一切的重心。

呆呆地走在銀杏大道上。平日午後時間緩緩流逝，身邊悄然無聲。只有茉莉踩在落葉上的好聽沙沙聲響起。

漫步走在長長大道上，後頭傳來和她不同節奏的聲音，聽就知道是其他人踩落葉的聲音。

「茉莉。」

突然被這個聲音喊住，茉莉屏息，戒慎恐懼回頭後，和人站在眼前。

「……阿和……」

「我又做了和跟蹤狂沒兩樣的事情了。」

和人孩童般笑著歪歪頭。明明只分開了一週，已經讓茉莉懷念得幾乎落淚。

「為什麼……？」

「我想見妳。」

「跑到這裡來……？」

「我問了妳的雙親，對不起。」

「……」

「我想了很多，真的思考了很多。和我決定要回家那時相同，一直思考。」

「思考什麼……」

「妳。」

和人明確說。茉莉胸口一緊，讓她幾乎都要落淚，感覺停滯的東西現在全部一起動了起來。

「我也請妳的雙親告訴我妳的疾病，也去過醫院了。接著又思考後才到這裡來。」

「你很清楚了吧？我已經沒有任何謊言了。」

「嗯，我清楚了，似乎不可能會出現奇蹟。」

「我都已經等七年了……」

和人緩緩走近苦笑的茉莉身邊，用可以感受彼此體溫的視線面對面。

「我們結婚吧。三年也好，可以把妳最後的時間給我嗎？我會好好珍惜妳這三年，只想著妳活著，所以和我結婚吧。」

眼眶堆積的淚水滑落，看見和人朝自己伸出手，茉莉慌慌張張拭淚後搖搖頭。

「不行，不給你。」

「為什麼？比起一個人，兩個人……」

「死的時候只有一個人，所以我不要。我絕對不要迎接讓阿和目送我離去的人生終點。」

「因為我不可靠？」

和人皺起臉，茉莉抹去淚水後帶著意志堅強的眼神抬頭。

「你的人生不會在三年後結束，還會繼續好幾年、好幾十年。我希望你可以愛上誰，生個孩子，追尋許多夢想活下去。」

「我想和茉莉做這些事，無法想像茉莉以外的人。」

「我已經沒辦法生小孩了，接下來病情也會不停惡化。如此一來就什麼也不能做，沒辦法讓你有新的夢想，也沒辦法一起描繪未來。就算是這樣也好嗎？我不想。我不想要讓你看著我這一面然後死去。死亡可不是什麼戲劇性的事情。會消失不見，沒辦法這樣彼此碰觸。就算你難過也沒辦法緊緊相擁，是永遠消失。死亡就是這一回事，你真的懂嗎？」

邊撫摸和人的臉頰，茉莉像是生氣又像是悲傷地緊緊注視著他。

「而且我只要和你在一起，就會害怕死亡。我得要在不想死，恐懼著死亡中度過三年。我絕對不要。我不想要有個因為你而不想死的人生。所以，我們分手吧。」

「茉莉……妳不怕死嗎？」

「……不怕，因為我就是這樣活著。」

「沒有執著？」

「……在遇見你之前是這樣。覺得只要這一瞬間開心就好……但是，現在不同了。我已經決定要接受開心、難受、痛苦等所有事情，想要這樣活下去。與其攀住你墮落成一個討厭的女人，這樣更好。接受全部，盡情掙扎盡情煩惱，但還是會努力，我想要努力好好活下去，決定不要再逃避了。」

「……那裡面沒有我嗎？」

「……沒有……我不需要讓我依靠的人……」

「妳想活得那麼律己嗎？」

「不是律己，只是變普通。我想要過著不思考活著不思考死亡的普通生活，雖然沒辦法和健康的人相同，但想要比現在嘗試更多事情。比起忍耐變得畏縮，我想要盡量去做每件事。不是放棄，而是想在其中尋找自己能做的事。尋找不與他人比較活下去的自己，就是長大成人對吧？這種……普通。」

「動畫之類的也是？」

和人小聲取笑她，茉莉聳聳肩。

「是啊。我要盡情享受自己找到的開心事情！可以好好承認開心的事情很開心，也是普通吧……」

「在妳的普通中已經沒有我的位置了嗎？」

和人往前逼近，茉莉遠離他。和人的話打穿茉莉的覺悟，茉莉揮開那隻只要有破綻就會抓住她的手：

「沒有……」

「……我不是想要孩子想要夢想什麼的，而是想要妳。」

「……沒辦法。」

「妳不寂寞嗎？離開我不寂寞嗎？我寂寞到快要發瘋了。真心認為把家裡全部拋下也無所謂，如果沒有妳一切都沒有意義。」

和人這不負責任的發言讓茉莉用力抬頭，雙手用力打了和人的臉頰，接著包住。

此一瞬間，茉莉才發現「啊，原來是這樣啊。」

「讓」和人活下去，這就是茉莉與和人相逢的意義。不是只有和人讓自己活下去，自己也為了讓和人活下去而存在。

「好好活下去！你要好好活下去！別拋下自己決定的事情，你不是答應我不逃避了嗎？你覺得為了我拋棄一切我會開心嗎？別做蠢事！」

「茉莉……」

「和人還活著，不只現在，將來也會一直活下去，我可不允許你拋棄。我不會允許你拋棄你曾經替我刷的茶！和人，聽好了，你那樣煩惱，萬般迷惘逃避了那麼多年，即使如此還是選擇茶道。你之前對我說過吧？有想做的事是件非常寶貴的事情，是很幸運的事情。你可是自己走進其中，那裡是你一直憧憬的地方吧？你拋棄了絕對會後悔，別說那是為了我啊，笨蛋。」

「……妳又說我笨蛋……」

「都因為你老是說些蠢話，所以是笨蛋啦！你不是神童，只是個笨蛋！」

包住雙頰的手又拍打了一次，兩人交會的視線有著相同色彩。互相感受彼此喜悅、悲傷與愛戀的全部心情。感覺這是相逢後第一次融為一體。

「茉莉覺得遇見我真好嗎……？和笨蛋的我在貴重的時間點相逢太好了嗎？」

「太好了……只是遇見你就讓我幸福，謝謝你願意和我在一起。」

「……這樣啊……如果對妳來說有意義，那就太好了。」

「下次襯衫的釦子要掉了，你要自己縫喔。」

「嗯……」

「將來有天要遇到替你縫釦子的人喔。」

和人指尖順著茉莉的耳朵，撫觸她的臉頰碰上她的唇，緩緩湊上臉落下兩人間的最後一個吻。

「要好好放棄我喔，然後喜歡上其他人……好嗎？」

「……好，如果這是妳的願望，我會聽，我答應妳。」

「對不起，對不起我要先死，對不起我有個脆弱的生命……但是，我生涯最後愛上的人是你真的太好了……」

「妳是我生涯中第一個喜歡上的人喔。」

「謝謝你……」

「我可以說下輩子之類的話嗎？」

「……又來了……說些跟國中生沒兩樣的話……」

和人邊吸鼻子邊笑。茉莉緊緊擁抱住和人後說：

「我下輩子絕對會有個強韌的生命，然後會再次替你縫上快要掉的鈕釦。」

「嗯，我等著妳。」

兩人擁抱著閉上眼睛一段時間，彼此的心跳在胸中響起。活著只是這樣幸福，接著一起夢想將來。在活著的同時，兩人也一起共有死亡。

茉莉已經沒有任何遺憾了。「謝謝」「對不起喔」和「我喜歡你」全部說出口了。不管是死亡還是活著都不害怕了。

慢慢分開身體，再次互相注視。

茉莉露出溫柔的微笑，和人綻放天真笑容。

兩人慢慢背過身去，往銀杏大道的左右分開。沙沙聲交疊，接著慢慢錯開，最終遠離。

這是最後一次看見和人。

這是最後一次看見茉莉。

已經做好死亡的準備了。

只剩把寫滿所有心思的這本筆記丟掉。

還有三年，我會嘗試看看。因為這是和人教我的。

活著是如此令人愛戀的事情。

我已經做好死亡的準備。

所以接下來，會試著努力活下去。

＊　＊　＊

下雪了。

方形窗框那頭，白色雪花片片從上飄下。早上新聞的氣象預報很準，聽見下方門口傳來孩子們開心的高聲喧嘩。把視線移往窗戶下，看見來探望家人感覺無聊的孩子們，發洩般地在門口的柱子間跑來跑去。能全力活動全身的孩子們，比今年的第一場雪更加閃耀美麗。

「高林小姐，下雪了喔，會不會冷啊？要不要把暖氣的溫度調高。」

熟悉的聲音走進房裡詢問她，靠在枕頭上的頭輕輕搖動拒絕。

「床呢？要不要調低？」

「……這樣就好了。」

「會不會不舒服？」

用眼神表示沒事後，負責的護理師理解地點點頭，確認點滴剩下的量後走出房間。

一天中會請人幫忙調高病床好幾次，與天花板對看的視線提高，可以看見窗外景色。眺望隔著一片玻璃的另一頭世界，是這封閉生活中的寶貴時光。

都市的雪稍縱即逝，輕飄飛舞著就在半空中突然消失。邊看雪邊思考著，要是這個生命也能像這樣輕易突然消失就能輕鬆死去了。

遠離住院大樓的心臟重症監護病房中，除了醫療器材外沒其他東西。移動式音樂播放器中的廣播是她唯一與外界資訊的連結。沒有電視也沒有書，在這裡不需要任何娛樂。因為在這裡的人都沒有體力享受這些。

粉紅櫻花花瓣在窗外飛舞那時，剛住院的她還可以自行走路。

夏天來臨前出院，但不久就在家中發作又住院了。使用的藥量已達極限，目前沒有新藥。使用抗生素壓抑止不住的咳嗽，已經持續好幾個月這種痛苦治療了。但是，病情惡化的速度一點一滴超越藥物效果。這彷彿細胞逐步損壞，身體機能一點一滴流失，生命燭光也一根一根熄滅一般……身體就這樣確實逐漸變化。

以前只要藥量加重、只要靜養、只要遵守醫囑，就能勉強挽回局面。但現在就算盡全力做好每件事，都無法恢復失去的機能。

以為死亡會在某天突然造訪，用銳利的斧頭切斷靈魂與肉體的連結。一瞬間就會結束。太天真了。

死亡，很確實地以幾乎令人焦急的速度緩慢逼近。

現在，在這冰冷的病床上活過一分一秒。

掛著好幾個點滴打藥，從鼻子送進氧氣，雖然不能下床也無法走出這個狹窄的房間，但她還沒有死，所以還活著。

這就是茉莉人生最後的時光。

雞胸肉、燉煮蔬菜加上白飯的乏味午餐被撤下了。自從飲食限制多到無法吃喜歡的食物後，吃飯時間也變得不開心了。

「妳今天比平常吃得多耶。」

撤下餐盤的桔梗邊用病房中的水龍頭洗筷子和杯子，邊開朗地說道。

「因為醫生說不吃飯就不能拆掉營養點滴，所以我很忍耐著吃難吃的食物。」

茉莉語氣不開心地回話後，桔梗露出悲傷的表情。茉莉比什麼都討厭看見這個。胸中充斥著想要大聲怒吼「難受的人是我吧」的心情。即使如此，今天有事要麻煩桔梗。從床邊的櫃子中拿出剪刀，壓抑著不耐煩，以事務性語氣地說：「幫我剪頭髮。」

桔梗又露出悲傷的表情看茉莉。

「茉莉喜歡長髮吧？妳應該沒有留過短髮吧。」

「因為很礙事。」

發出毫無情緒的聲音後，桔梗深受打擊般垂頭喪氣。

茉莉差點就要咋舌了，慌張地咬緊嘴唇。她還有點理智知道，再怎麼說咋舌也太沒禮貌了。但她早已失去珍惜長髮的女性心理了。已經好久沒化妝，連眉毛也沒化，已經記不得最後一次擦睫毛膏是什麼時候了。早就不覺得讓人看見沒化妝的臉很丟臉。偶爾在院內看見化粧的老婦人時，就會湧起「身為女人，我已經淪落到比那個老奶奶更低下了」的悲哀心情。

桔梗仍舊美麗。就算年紀增長，她的瓜子臉也沒失去彈力與光澤，細長的眼尾和豐潤的雙唇就算只有略施粉黛也光彩動人。對茉莉來說依然是最自豪的姐姐，但偶爾也會對這份美麗感到無比厭煩。

「總之幫我剪掉，護理師要替我洗頭也很麻煩。」

「她們說很麻煩嗎？」

「怎麼可能這樣說。但洗好到弄乾要花上一小時耶，我會很累，累到無力。妳應該沒辦法理解啦。」

自從進入心臟重症監護病房後，茉莉開始像這樣拒人於千里外般的說話。

明明無法自由上洗手間，還是會排便、排尿。因為不能洗澡，護理師會在床上替她擦澡、洗頭。拜託桔梗把長髮俐落剪短，是因為不想要增加護理師的麻煩，最重要的是洗髮到弄乾花上太多時間會讓她很疲倦。看見剪超短的髮型後，桔梗笑著說：「很適合妳喔。」但她的聲音帶著顫抖的哭腔。能說出「頭髮是女人的生命」的，只有有體力整理頭髮的人。現在的我比起女人的生命，保持體力更重要。

就這樣，事情的優先順序不停變化。每當又有身體機能遭到剝奪，就感受到原來這種小事也是維持身體機能秩序的必要事情。

失去後才發現，但已經無法取回早已失去的東西。

死亡，或許就是退化的最終結果。

等待死亡步步逼近的時間彷彿地獄拷打。每天都得明白看見自己的退化。沒使用的肌肉無情地萎縮，手臂變得和手腕一樣細，肩骨也明顯突出。沒肉的屁股一坐下，骨頭直接撞擊痛得難以忍受。腳也相同，臉頰也難以倖免。以前很在意「真想再瘦一點」的部位的肉全部消失了。不想要不見的胸部也失去彈力，肋骨明顯浮出。與之相反，身體不停累積多餘水分，只有肚子異常凸出。跟小孩一樣不成比例的身體。雖然如過去冀望的瘦下來了，但不健康的瘦法只有噁心而已。一照鏡子，頂著一頭少年髮型的小臉上，只有凹陷在眼眶中的眼睛閃閃發亮，鏡中只有和先前的自己完全不同，跟妖怪沒兩樣的自己。

每次看見這個都想著，好險身邊沒有重要的人，好險沒有讓最喜歡的人看見這張臉。重新確定了當時的選擇是對的。

（和人也看著相同一場雪嗎……）

希望他能直直走在自己的道路上，這是我唯一的願望。

與和人分手後，我拚了命地畫漫畫。就算投稿後落選，就算被透過月野介紹的出版社一刀兩斷，也毫不氣餒不放棄地繼續畫下去。如果現在用話語來形容當時的拚命，或許可說是「想要創造出什麼留下來」吧。雖然有點誇張，但起碼想留下一個活過的證據在這世上。其中一篇受到出版社關注，直接接受職業漫畫家指導，重畫好幾次之後，決定要刊載在雜誌填空檔的頁面上了。多虧月野和沙苗都在自己的部落格和社群網站上大力宣傳，比預期的有更多人看到。雖然也有很嚴酷的批評，但大致上獲得好評，接著得到連載三回的機會。廢寢忘食地畫著。雖然父親斥責「妳也好好考慮自己的身體啊！」但用著「畫完這個就可以去死了」的心情完成作品。交稿後得到責編「沒有問題」的通知後立刻病倒住院，但多虧有這些作品，最後還出版了單行本。

看見自己的書擺在書店一角時，記得還因為太緊張不敢靠近。即使如此，心中某處期望著哪天能被和人看見。「我做出成果來了喔，所以和人也要加油。」

依然開心地玩角色扮演。

但逐漸變得只要連續熬夜幾天就會病倒，只要一病倒就需要花費很長的時間才能恢復。病倒後花時間復活，又病倒後再花時間復活……重複幾次後根本沒氣力做衣服了。在最喜歡的動漫完結篇之後，也開始不參加活動。雖然有喜歡上另一個作品，但「得維持身體狀況才行」的保守想法戰勝了「喜歡」的熱情，也就不再製作服裝了。

就在此時，沙苗的婚期定下來了。

搬出收在櫃子裡的縫紉機，跑到以前常去的布料專賣店，那彷彿按下身體中的電源。

要替她製作婚紗，純白的婚紗。那不是哪個世界中的某個角色穿上的婚紗，而是為了唯一的她所做的特別婚紗。

那是段幸福的時光。邊回憶和沙苗共度的時光穿過一針，邊想著沙苗將來的時光再穿過一針，仔細地縫製。裝飾用的珍珠也全部都用手縫，連蕾絲裙的蓬鬆也特別講究，縫製出讓沙苗看起來最美的婚紗。

婚紗完成那天，沙苗說：「茉莉要結婚時，換我替妳做婚紗。」但應該不會有那天到來吧。

穿上純白婚紗的沙苗，散發出讓人以為美麗本身會發光的燦爛光彩。看見這一幕，我品嘗到至高無上的滿足感。「終於完成了」的成就感充斥心胸。

在那之後完全不做角色扮演的服裝，彷彿推動我的「想做的事情」終於全部做完了。開心享受角色扮演的回憶，現在仍是心中閃亮的回憶。盡情去做想做的事並樂在其中的時光，是無可取代的重要記憶。而那到現在是相當值得感謝的事。正因為在那時感到滿足，就算之後住院的時間增加也不太有壓力了。要是還有「想做的事情」，強迫自己放手來住院的話，那應該非常痛苦吧。

聽到醫生宣告只剩十年可活後的十年。

我再三小心，盡量不創造重要的人事物活到現在。

這份努力變成現在的安心。

和雙親與姐姐分別還是令人悲傷，家人難過讓人痛苦。但是，除此之外沒有其他難以割捨的人或事物了。沙苗有了溫柔的老公；美彌等短大時的同學也各自有了新的人生，大家都很忙碌。他們偶爾會傳訊息，我也偶爾回訊。這個距離感對現在的我們來說再好不過。想做些什麼的熱情已經拉下布幕，夢想也姑且算是留下成果。已經沒有什麼難以放手，挽留我在世上的東西了。

禮子建議我寫下心情的筆記本，在我夏天出院時去丟棄了。

那時還勉強可以步行，所以我拜託桔梗帶我去群馬的小學。

那是個盛夏之日。

我很久前就決定好了，我要丟棄回憶只能在這裡。

一穿過正門，不由分說地想起與和人之間的回憶讓我好痛苦。

我把人生最後的戀愛珍重地藏在心中最深處。因為那是我人生中最棒的時光。

愛上和人，為他所愛，交談、互相歡笑、互相擁抱，真的很幸福。

直線穿越空無一人的操場，每走一步都打開一個記憶寶盒；每走一步都鮮明想起和人的表情；走一步，聽見聲音；走一步，看見笑容；走一步，指尖的熱度；走一步，雙唇交疊的觸感；走一步，帶熱的雙瞳；走一步，至高無上的溫柔；走一步，孩子般的脆弱。和人隨著一步一步不停湧出，我就快要溺斃了。

就在我快要窒息於與和人之間的回憶時，校工大叔出聲喊我。多虧有他我才能回過神來，才能順利把寫下心情的筆記本丟進學校的焚化爐中。

寫在筆記本中的每一天，一瞬間就被火焰燒盡，化作白煙與天空同化後消失。心中的掙扎，苦痛的淚水，少數喜悅的日子，拚命獻上真心的戀情，全部燃燒殆盡消失在空中。我也會像這樣消失在同一片天空吧。我當時想，那大概就在不久的將來。

那之後又再次病倒住院，我遇到了前所未見的大發作。

從床上起身的瞬間眼前突然一片白，有意識卻看不見任何東西。勉強按下護士鈴大概是我的幸運，我在毫無徵兆的情況下突然血壓驟降。

「不行，快送進心臟重症監護病房。」

醫師慌張的聲音從白色世界的另一頭傳來，我的床移動了。圍在我身邊的醫生與護理師的聲音充滿緊張感。在白色世界中，在我想著「啊，大概不行了」的瞬間，我感覺有股強大的力量把我往下拉。我抓住病床欄杆，那股無從抵抗的力量仍然用力拉我，我抓住身邊醫師的白袍。好恐怖。理所當然的，未曾事先通知就要將我交給「死亡」的感覺，強烈動搖我的心情。

在醫師們適當處置下，我好不容易撿回一命，但那無須懷疑就是「死亡」。

現在回想起那股要被拖走的強力觸感也讓我起雞皮疙瘩。我還記得我努力想逃脫而抓住醫師白袍時的觸感。好恐怖。「死亡」是比我想像恐怖上百倍的事情。

但那個瞬間確實將再度造訪。

下一次或許沒辦法再抓住誰了，或許再也無法掙扎了。

但是，如果我沒辦法接受那份恐懼，我的現在也無法結束。想要結束現在這個稱不上活得像個人的生活，就得讓那個瞬間再次到來才行。

（沒辦法再更安穩點，在我睡著時死掉之類的嗎……）

我如此期望著。明明已經進入倒數計時，每天卻鮮明地痛苦，挫折如岩漿般在無法自由行動的身體中累積，偶爾會忍不住遷怒到爸爸、媽媽還有那般要好的桔梗身上。明明炒熱氣氛讓大家開心是我的特色啊，我根本沒想到連顧慮他人也需要體力。

顧慮他人，對人溫柔，原諒他人，我的身體痛苦到就連這些理所當然的事情也辦不到。最近，身心科的醫師開始來找我聊天。我知道當身體壞掉後，心靈也會跟著壞掉。「這是理所當然的，妳可以說些惹人厭的話也沒關係。」雖然醫師這樣說，但無論何時都千萬小心不讓旁人討厭，藉由大笑或惹人發笑來守住自己存在價值的我，歇斯底里對雙親大吼「別管我！」「別再來了！」冷酷地責難桔梗「桔梗妳好煩。」聽到我這樣說的人肯定也大受打擊，我說完後也對自己感到絕望。

步向死亡的最後高潮，無比不自由，無處可逃也無力可逃，鬱悶的時光。

感覺橫越窗前的雪花稍微變大了。

每個雪塊的自我主張似乎變強了，或許會積雪吧。新聞節目肯定大談特談嘆息都心脆弱交通網的話題，今晚就別聽廣播改聽音樂吧。

看這個樣子，今晚不管是爸爸還是媽媽，或是從我轉入心臟重症監護病房後就住在東京家裡的桔梗也不會來吧。寧靜的獨處夜晚。

這並不讓我感到寂寞，只有安心。

沒人在就可以不用說話，說話這項行為相當消耗體力，到了這個地步才發現如果不讓心臟和肺臟全數運轉就辦不到。那麼愛說話的「祭典小孩」茉莉沉默不語時，會被很多人誤會為不開心。為了矯正這個印象，不是勉強自己說話，就是選擇解釋給不知道說話很累的人聽的麻煩選項……最後做出了結果還是一個人最輕鬆的結論。

覺得一個人會很寂寞，這只是他人單方面的想像。

我選擇獨處的路。

我可以說這是最好的選擇。如果和人在這裡，或許能夠拯救我什麼吧，但我的某部分肯定會毀滅性地崩潰。從我的個性來看，崩潰的比例大概更高。

獨處的夜晚就平淡地度過。

邊看著落下的雪花，平淡度過每分每秒，朝終點前進。

「茉莉小姐，感覺怎樣呢？」

突然出現在病房的是入住住院大樓的少女凜子。她已經滿二十歲，或許也不能說是少女了吧，但就我來看，還是個留有稚嫩非常年輕的女孩子。我是幾年前，在住院大樓認識這個短髮加上濃郁粗眉給人活潑印象的少女，和禮子相同，是住院的朋友。

「我做了這個來給妳，如何？喜歡嗎？」

她從連帽T恤口袋中拿出來的，是她說最近熱衷製作的針織娃娃。有點看不出是狗還是熊，但比一開始看起來不知道是老虎還是貓的獅子，現在已經進步很多了。

「因為妳說妳比較喜歡狗，所以我做了小狗來，豆柴。」

她把掌心大小的娃娃放在床邊桌上，眼睛對上它烏溜溜的大眼，湧上了愛意。

「好可愛……」

「妳願意收下嗎？」

「謝謝妳，我會好好珍惜。」

說完後，凜子開心地笑了。接著彷彿表示不能久留立刻轉身要離開。

「我再傳訊息給妳喔。」

「對不起，每次都很晚才回信。」

「沒關係沒關係，打訊息也需要體力啊。茉莉小姐，妳不用對我太客氣啦。」

凜子很清楚我的身體狀況，因為她很熱心學習，很詳細調查自己的疾病。也就是說，我是她的範本。當時的禮子就是現在的我，當時的我就是現在的凜子。我們身患相同疾病。

「那麼，改天見囉。」

「凜子，下週的導管檢查要加油喔。」

「嗯，雖然很討厭但我會加油！」

「橋場醫生很厲害，麻醉後也不太痛，所以別擔心。」

「聽妳這樣說讓我有勇氣了。」

凜子笑彎了她深邃的雙眼皮大眼後離開病房。

坐在床邊桌上的小狗的天真容顏好可愛。

我也想做些什麼。雖然這樣想，但我已經好久沒碰針線了。失去喜歡的東西雖然很遺憾，但我意外地冷靜接納了這件事。因為不知何時開始，開始感覺針線的沉重，也沒有長時間動手的力量與專注的耐力，所以也沒感受到無力再做這件事的悲痛感。

又有一個重要的事情深埋心中了，心裡那個治安還不錯的地點立著幾個墓碑。曾經喜歡的事情，現在失去的事情，不是拋開而是靜靜埋在心中。接下來，肯定也會出現站起身、可以一個人上洗手間、聽音樂度過、好奇新發售的零食等微不足道的日常生活的墓碑吧。

如果可以的話，我希望可以在全部失去前先立起真正的墓碑。

但願失去全部，只能躺在床上的時間可以別到來。

家人肯定會覺得就算這樣也沒關係，希望我可以活下去吧。

肌膚還有溫暖的溫度，所以這孩子還活著。媽媽或許會邊說邊摸我的手吧。這個體溫或許會溫暖、撫慰母親的心。但就「我」來看，這樣的「我」已經等同死亡。

如果無法處理自己的排泄物和擁有最起碼的意志，我不承認這能叫做活著。

神明拜託了，請在最剛好的時機殺了我。

雖然也曾想著要為了家人活下去，但我現在也沒貫徹這份意志的力量了。因為痛苦已經超越了誰的笑容。

「想為誰活下去」這份體貼也早已埋在心中的墓碑底下。

桔梗來了。

桔梗現在住在東京的家裡，因為姐夫要她多陪在我身邊久一點。與之同時，也包含要她陪在即將失去女兒的父親與母親身邊的意思。他好溫柔。我好開心這樣的人可以成為我的家人。

「茉莉，今天感覺怎樣？前陣子的大雪嚇人一跳耶，好久沒看見了。」

桔梗在床邊的折疊椅坐下，用溫柔的聲音慢慢說。

桔梗的節奏和我緩慢的心跳同步，非常平靜。

「我剛好請人幫我調高床鋪，所以有看到喔，很漂亮呢。」

「這樣啊，那真是太好了。」

她平靜地微笑著溫柔摸我的頭，那是對待小孩的手勁，但我不討厭。

此時，我突然有種不可思議的感覺。

那不是氣氛、氛圍那種不清不楚的感覺，雖然沒有任何具體證據，但我確信肯定可以斷言絕對，桔梗身上發生什麼事了。她手的溫度和平常不同，那大概並非科學證據，而是靈魂層級，擁有相同血緣的姐妹才有辦法判別的那種「絕對」。

「桔梗，怎麼了嗎……？」

我一問，桔梗訝異地注視著我，接著驚訝地反問我：

「為什麼這麼想？」

「因為感覺妳和平常不一樣。」

桔梗的表情頓時扭曲，我還以為她要哭了，但她非常不知所措地笑了⋯⋯

「茉莉真敏銳。」

桔梗帶著些許害臊的聲音如此說。

桔梗接下來說出的話，正如同前陣子看見的雪花一般，閃閃發亮地從天上飄下來，輕柔地落在我的肌膚上後，慢慢地、慢慢地沁入肌膚。

「我懷孕了。」

桔梗有小寶寶了。

「茉莉就要有外甥或外甥女了喔。」

有了對我來說第一次出現的存在。

我重新抬頭看桔梗的臉。那是帶著害臊，也充滿喜悅的光彩笑容。那是桔梗，是阿聰的妻子，是接下來要出生的寶寶的母親的笑容。

「好驚人、喔。」

我只能說出這句話。

雖然覺得總有一天會來，但這份衝擊比我想像得更加強烈，說是從內心震撼我的事件也不誇張。我真心認為，這比首都圈交通網因降雪癱瘓這種新聞更該受到大肆報導。想對全日本，不對，是對全世界報導。

桔梗懷孕了！

我要有外甥或外甥女了！

「現在兩個月，所以秋天會出生喔。」

「在夏天時肚子變大應該會很辛苦吧。」

「是啊，但我聽說夏天育嬰更辛苦，所以秋天出生或許比較令人感謝吧。」

「原來是這樣啊，要當新手爸媽了呢。」

「茉莉也是，妳要當新手阿姨了。我會在這邊生，妳也要幫忙喔。」

我的心用力一縮。

桔梗的手指梳過我的頭髮慢慢撫摸我，彷彿小孩撫摸重要人偶的頭髮。不對，從今天開始那變成母親撫摸心愛孩子頭髮的動作，因為她看我的眼神不同了，充滿宛如聖母的慈愛與光輝。

我不可能幫忙她照顧小孩，我和桔梗都很清楚。說穿了，我連到時有沒有辦法出院，更重要的是有沒有辦法活到那時都不知道。即使如此，現在此刻我只想要沉浸在姐妹的幸福對話中。只想要想像難以置信的幸福秋天即將到來。

「得要想小朋友的名字才行呢。」

「阿聰已經開始想了。」

「真不愧是姐夫，動作真快。」

「我跟妳說，他超好笑，我還以為他買了替小孩命名的書回來……」

桔梗回想起來，開心地笑得不停顫抖身體，自從我進入心臟重症監護病房後，還是第一次看見桔梗這樣笑。對來到桔梗身邊的尊貴生命，我打從心底湧起真實無偽的純粹感謝。

「阿聰竟然買來野草的書耶，他說這是桔梗的小孩，茉莉的外甥或外甥女，果然還是要看這個吧。」

「……我可以牽扯這麼深嗎？」

「那還用說，我們是家人啊。」

這一句話，撫拭了這房間染上的悲傷與不幸。

生病後，我失去了許多東西。

無法阻止那些急速從雙手中滑落，我好害怕，既然如此乾脆自己拋棄吧，也因此捨棄了許多東西。

捨棄夢想將來的力量；捨棄對工作的憧憬；捨棄和他人相同的生活方法；捨棄生小孩的希望；捨棄婚姻；捨棄戀愛；捨棄朋友；捨棄深愛之人。我只剩下家人，只有這個無法捨棄。就算想要捨棄，但捨棄後我會無法活下去，只因這現實的理由把家人留在身邊，這是我留下的唯一。因為他們認同我、接納我，這會直接變成我活著的價值。

「名字……我也想要想。」

「嗯，一起想吧，接在桔梗、茉莉之後的第三個。」

這句話，將我和尚未出生的孩子連結起來了。

尚未出生的孩子，兩個月的胎兒有多大呢？桔梗站起身時，我不由自主地看著她的肚子，她的肚子平坦得絕對不會有人發現裡面有小生命。

但是，確實在那。

那天晚上，我想著。

想著老家的餐桌。

桔梗出嫁後空出了一個位子。在我住院之後，現在又多了一個空位。如果我沒辦法回去，那就會變成永遠的空位。

我們家四人一起吃飯的熱鬧餐桌，變成三個人之後，我努力說話來維持熱鬧氣氛。在只剩兩個人的餐桌旁，父親和母親是怎樣坐著呢？是並肩而坐嗎？還是媽媽會坐在原本桔梗的位子和爸爸面對面呢？他們兩人的餐桌有笑聲嗎？

我總對那感到恐懼。我覺得只留下兩人在那張餐桌是最大的不孝。

但是，接下來。

只要桔梗回家就會變成三個人，要是姐夫也一起來就能填滿四個座位。然後，小寶寶出生後……（椅子就不夠了……）。

熄燈後，房間燈光全暗，只有心電圖和點滴的燈光在房內閃爍的微弱光亮中，我格格笑著。

我從來沒有想像過椅子會不夠，這奇蹟般的事實讓我喜悅滿溢。

爸爸也要變成外公，媽媽也要變成外婆了。

送女兒先離世的父親只有不幸，母親也會背負悲痛吧。但是，「外公和外婆」這叫喚聲中，充滿冬天溫暖熱水袋那般最原始的幸福。父親和母親秋天就要變成「外公和外婆」，這事實也是尊貴的奇蹟。

人類的死亡只是單純的減法，但人類的出生是無法用加法算盡的乘法。

就算我們的人生彼此錯過，但我透過桔梗和那個孩子串聯起來。那孩子無庸置疑是我的外甥或外甥女，我是那孩子的阿姨。雖然我不能生小孩，但我成為阿姨了。當那孩子又生小孩，我又會與孩子的孩子相連。

就像這樣，家人會開枝散葉不停增加。空位會被新生命填滿。就這樣，接下來我也還會繼續與誰相連結，過去也曾有誰的生命把我連繫在這世界上吧。

閉上眼，綠色燈光在眼皮外閃爍，讓我感覺彷彿是尚未出生的孩子的強力心跳。

窗外的細枝開始慢慢冒出新葉。

雖然不知道外面的氣溫，但春天腳步漸漸靠近了吧。每天請人替我升高床鋪時，觀察新葉增加是件開心的事情。對忙碌工作的醫師及護理師來說，肯定不知何時長出茂盛綠葉，不知何時今年的花水木也開花了，這種沒有情調的四季變化，我也能清楚看見。雖然沒辦法用肌膚感受，但我可以看見四季的移轉。

我曾經在過去打掃自己房間時，細細品味感受季節的風從窗外吹進房裡那一瞬間的尊貴。我總是很清楚，清楚將來有天會全部消失。所以隨時提醒自己不管多小的事情都要心存感謝，待在理所當然中偶爾也會變得傲慢，但正因為我有覺悟會迎接這天到來，所以才能比別人對細節更加敏感，如果不是自己只剩十年壽命，大概沒辦法這樣活著。

雖然無法說「正可謂僥倖」，但我想說，這也是種不錯的生存之道。

凜子來病房探望我，看她臉色好很多，我想她大概快出院了吧，她就對我說她確定下週要出院了。

「太好了，這次住院比之前還長，妳可要盡情紓壓喔。」

「總之我想去吃好吃的東西吧。」

凜子大概對我有所顧慮吧，靦腆笑著說。

出院會讓人有種拋下住院者離開，無法徹底喜悅的感覺。雖然是種怪異的同伴意識，但這就是住院的朋友。

「茉莉小姐，這給妳。」

凜子給我的，是和她前幾天給我的豆柴不同顏色的針織玩偶。

凜子自己拿起擺在床邊桌上的豆柴，把褐色和黑色的兩個玩偶湊在一起。

「只有一隻太可憐了，所以我替它做了朋友。朋友？當情人好像也不錯。」

凜子用給人聰慧印象的那張臉，認真說著小孩才會說出口的話，她好可愛，讓我不禁笑出來。

二十歲時，覺得二十歲已經很大人了。

比起十多歲更能判別善惡，早已不是笨蛋但也還沒出現保守心態。明明並非擁有什麼，卻有種自己超級無敵，無論何時都很輕鬆自由，不會受到任何人控制的自豪。

但是，那只不過是因為還未知世事。因為經驗和學識還完全不足才會出現的幻想中的強大。

原來二十歲還這麼孩子啊。孤單一人會感到心慌，沒有朋友或戀人會非常不安，還無法獨自一人堅強活下去的孩子。

「凜子謝謝妳，我會好好珍惜。」

「因為孤單一人很寂寞啊。」

我用雙手接下兩個玩偶。

把「其實也沒有那麼寂寞喔」說出口前，和兩隻豆柴對上眼時，有種不可思議的感覺閃過腦海。

在凜子離開後又恢復寧靜的病房中，我看著兩隻針織玩偶。

褐色豆柴的眼珠沐浴在燈光下，看起來好像帶著水光，明明是塑膠製的冰冷眼珠，一擺到黑色豆柴旁，就好像散發出神采奕奕的光芒，這是為什麼呢？

「你很開心嗎……？」

我低語詢問，但它當然不可能回答。

「原來你很寂寞啊。」

我感覺自己的臉在沉默不語的玩偶前屈辱地扭曲了。好不甘心喔。感覺被我小看著「還是個孩子呢」的人射穿核心。

凜子還不知道。

她還沒有思考剩下十年該怎麼活，還披著無敵且輕鬆的自由活著。雖然生同樣的病，她已經可以出院，可以去吃美食，雖然不能工作但可以過上最低限度的生活。正如我過去那樣，她還有很多時間。

如此思考的瞬間，我發現這是嫉妒，自己也嚇了一跳。

發現手中的玩偶被我捏得不成形，忍不住舉高手想要把玩偶丟掉，「高林小姐，我來換點滴了喔。」護理師正好走進病房，我慌慌張張撲滅已經點燃的衝動。

慢慢鬆開手，把兩個針織玩偶擺在床邊桌上後躺下。

嫉妒。沒想到我還有這種情緒。

而且還是對凜子，這也太丟臉了吧。那孩子接下來也會遭逢非常、非常多的苦難。不管用什麼方法活著，我們都會抵達相同終點。就如禮子過去那樣，我現在這樣，凜子十年後也會在這裡。

她到時肯定不再有「孤單一人很寂寞」這種廉價的軟弱。

（那到底要怎樣活著才好啊……）

我咬牙切齒地在心中大喊，但沒有聲音回答我。無論何時都沒有答案，因為我肯定會死，只有這是確定的。因為這樣想，我才能不去面對死亡的恐懼。要是好好面對這件事，我就會怕得一步也無法前進。如果不思考活著的辛苦，死亡是救贖，那我就無法抱著死亡前提活下去。

沒做錯。

我沒有做錯。

那之後大概睡著了吧，再次睜開眼時身邊一片寂靜。

聽不見醫師與護理師的喧嘩，也沒其他患者的聲音，沒感覺有家人來探望我。彷彿只有這個房間完全被時間拋下，待在深沉的沉默中。

我也想過我該不會已經死了吧，一移動指尖便抓到了粗糙的床單。

側耳傾聽也聽不見任何人、任何聲音。孤單一人。在心中如此低語後，無數次承受打擊而受傷的心，久違地隱隱作痛。無法言喻的痛苦在心胸擴散，最後覆蓋整片心胸後，彷彿從內往外滲出化作眼淚流過鼻梁染溼枕頭。

有聲音從沉默的深淵慢慢往上浮起，原本聽不清楚在說什麼的聲音，接著像是相機焦點慢慢對焦般，讓我知道那是男人呼喚我的聲音。我邊祈禱著「別讓我回想起來」，邊僵硬身體靜靜等候聲音傳進耳裡。

最後，聽見和人呼喚我「小茉莉」的聲音。

沉在記憶深處的聲音，只有在我哭泣時會浮上來。剛開始還努力別忘記，但只要聽到這個聲音就淚流不止，於是放棄勉強自己不忘記了。喚我「小茉莉」的聲音，撫慰我的心。

平常總是靜靜聽著這個聲音，但今天的我無法平靜。

失控地投奔記憶中，把藏在最深處重重上鎖的門鎖打開。一打開，記憶便氣勢磅礴急湧流出，越過心靈的堤防、身體的港口，與和人之間的回憶猛烈湧出。

湧出湧出湧出沉下。沉下沉下沉下溺斃。滿滿的真部和人讓我無法呼吸。把這麼多回憶拉出來，再來該怎樣才能收回去啊，我有辦法全部收拾乾淨嗎？有辦法一個也不留地再塞回記憶深處嗎？雖然不安也湧上自暴自棄的心情。怎樣都無所謂了，到最後的最後一刻都與和人的記憶共度吧。把床鋪、床邊桌、地板、牆壁和房間整個掩埋，彷彿看電影，彷彿翻閱相本，彷彿吃零食，就在光輝燦爛的記憶中度過吧。

我沉浸在與和人的記憶中呆呆地思考。

我曾後悔過嗎？

說沒有後悔是假的，但問我是否希望他現在在這，我還是覺得好險他不在這裡。無論如何都不想讓他看見現在這個消瘦虛弱，失去光彩失去身影的我。要是太幸福就會過度害怕死亡，而且因死亡分離太痛苦，我也不要。如此一來，果然只有那個選項。結果看似是為了和人，其實是為了狡猾的自己。只是為了減輕自己的痛苦才分手。

雖然不後悔卻也不是正確答案。但人生就是累積在這類選擇與答案之上。就是這般妥協後才有辦法努力撐下來。

但是，果然還是……

如果可以把心攤在陽光下，果然還是……

果然還是，好寂寞。

非常非常寂寞啊。孤單一人果然很寂寞。好幾個夜晚希望他可以握住我的手，寂寞不安得希望他抱住我，也想著要是能在幸福中死去那該有多好。

其實根本不想死，如果能逃我也想逃。想要再外出走走。想要在藍天底下，用雙腿輕快自由地去任何地方，想讓無敵的自己盡情呼吸季節的氣息。

追逐櫻花花瓣，抬頭看從新綠間灑落的日光，沙沙踩響落葉地毯，雙手承接純白雪花。

如果和人在身邊，如果有那張笑容，那就是至高無上的幸福——

「好想你……我好想你喔，和人……」

只有床邊桌上的兩隻針織玩偶狗看著我。

最終無法對任何人說出口的真實的我。

褐色和黑色的針織玩偶，下次如果有機會見到凜子，得向她道謝才行。這兩個玩偶最後交到了桔梗手上，至於是為什麼，因為正好有「兩個」。

我到最後都無從得知，我們家的餐桌還需要「兩張」椅子。

而這又是我無從得知的幸福奇蹟。

接下來是我不知情的，在那之後的故事。

22

殯儀館的祭壇上擺著美麗女性的照片，「還這麼年輕……」工作人員難過地看著照片。肅穆守夜中，一位身穿袴的青年現身。上完香後轉過頭的沙苗，發現坐在最後一排的那個人就是和人。

大家都到隔壁房間去了。大腹便便的桔梗引導大家過去用晚餐。從群馬趕過來的美幸站在牆邊哭泣，桔梗發現後溫柔地摸摸她的肩膀。

「你是，真部先生嗎？」

沙苗上前向到最後都坐在位子上沒有動的他搭話，和人瞬間想起曾經看過的雜誌。看見和人迅速站起身，沙苗覺得他好可愛。一想到他是摯友深愛的人，不禁感慨甚深。

「你要不要去看看茉莉？」

「我就是這麼打算才來的。」

「我去跟叔叔說一聲喔。」

沙苗走出房間後，和人直直地注視著祭壇上她的照片。看著照片中開心微笑的茉莉，和人胸口脹痛的同時也感到平靜。

短大時代的朋友們圍著茉莉的母親哭泣。「我們才剛剛和好而已耶……」美彌拿著手帕摀住臉。另外兩人只是哭，一句話也說不出口。茉莉的父親就在她們身邊垂頭喪氣，沙苗上前找他說話。得知和人前來的父親，從那邊朝和人深深一鞠躬。和人禮貌地回禮後，沙苗走回他身邊。

「真部先生，叔叔請你過去看她。」

「謝謝妳。」

一身正裝和服打扮的他慢慢靠近茉莉，棺材中的她平靜沉睡，在茉莉花包圍下，身穿純白婚紗。

「這個是我做的喔。」

「這樣啊……」

「我和茉莉約好了，她在我結婚時替我做了婚紗，所以我也替她做了婚紗。」

和人看著聲音哽咽的沙苗。

「茉莉和你分手後拚命想要實現夢想，努力成為職業漫畫家喔。」

「我有買書，她姐姐有告訴我。」

「真的嗎？茉莉知道了肯定會很開心……那個主角就是你吧？」

「對，原來我在茉莉眼中是那個樣子啊，我都不知道該開心還是該嘆氣了。」

「那角色很可愛啊，我很喜歡。茉莉畫的東西我全部都喜歡，因為她是我獨一無二的搭檔。」

「這樣啊……」

「啊，對不起，接下來就留給你們兩個吧。」

沙苗呵呵一笑後離開，和人轉過頭喊住她：

「那個，沙苗小姐。」

「是的？」

「茉莉只有畫漫畫嗎？」

沙苗有點嚇到，接著露出燦爛的表情，因為她非常高興，明明是如此悲傷的日子啊。

「不，她也玩角色扮演到最後喔。我們在一起總是只有笑聲，又叫又笑跟個孩子一樣，茉莉笑得很盡興。就算嘆氣漫畫沒得獎，也總是感覺很樂在其中。我們好喜歡和她在一起，好喜歡她的開朗。」

「……就跟祭典一樣，是嗎？」

「對，祭典。所以大家都不怎麼哭，和茉莉走到最後一刻的我們，總覺得哭不出來。因為很開心，感覺好滿足，好開心啊……就像看完煙火後的那種感覺。很奇怪吧。」

「……不會，肯定是很漂亮的煙火吧……」

和人安寧的笑容讓沙苗胸口一緊。確信了茉莉專一的愛並非單向通行，她卻無法在此一起開心，這讓沙苗心好痛，這份痛楚讓沙苗意識到她已不在了。

沙苗離開後，這裡只剩下他們兩人。

和人慢慢伸出手碰觸茉莉的臉頰，已經不是他熟知的觸感了，但單純因為終於得以碰觸感到喜悅。

「茉莉……小茉莉……」

細語傾瀉而出，感覺茉莉隨時會醒過來。

「……妳好努力喔。我也很努力喔。這個秋天開始，我可以出席茶會了。我爸啊，已經認同我是下一代家元了。我接下來會更加努力，更加……只要我還活著……這三年來，我不停思考該怎樣留下妳，明明時間越來越少，我卻完全無法放棄……明明和妳約好要放棄了啊……想了三年，結果還是想不出來。但是啊，我想將來有天，等我也即將死亡時就會知道。知道到底該對妳說什麼好……我會活得讓自己可以知道……」

撫過臉頰摸著耳朵，梳順頭髮。握住她擺在純白婚紗胸前動也不動的手，淚水潰堤而出。雙手包住茉莉的手，流過臉頰的淚水如熱水般滾燙，她的手卻是僵硬冰冷。

「可以遇見妳太好了……只是這樣就讓我好幸福……茉莉謝謝妳……我可以參加茶會後

就要去相親了……我肯定會和那個人結婚。如此一來妳能安心點了嗎？會對我說很棒、很棒嗎……就跟那時一樣……」

沙苗站在門口聽著和人的嗚噎，無法止住淚水，拚命忍住不讓自己跌坐在地。

「……茉莉，再見。」

輕輕放開茉莉的手，和人落下一個吻。

和人的淚水滴在茉莉臉頰上。

感覺茉莉也對他說了再見。

23

看見小學校園內有個男人的身影。校工關上焚化爐的門，穿過安靜的操場跑到男人身邊。
「你在這邊幹嘛？」
突然搭話嚇得男人轉過頭，年紀大概超過三十五了吧，氣質高雅的男人深深一鞠躬。
「不好意思，我是這裡的畢業生，好久沒來感覺很懷念……沒經過允許擅自闖入真的很對不起。」
「喔，這樣啊，是畢業生喔。」
身穿白色POLO衫的男子，讓校工想起八年前的夏日，也有相同一位訪客。
校工露齒笑著問：
「你也是來丟棄回憶的嗎？」
「什麼……？」
男子嚇了一跳，因為被說中了而被嚇到。
校工邀請男子到校工室裡，拿出冰麥茶後，男子相當不好意思。校工開始對他說起八年前訪客的事情。

「非常不可思議呢，我還想那會不會是鬼啊，但她有腳。是個身穿純白連身洋裝，非常漂亮的人。但她好瘦，一眼就看出來有哪裡不好。那天和今天一樣很熱，那個人在焚化爐裡丟了什麼，大概是筆記本吧，一張一張撕下來往裡面丟。我就去問她，跟剛剛一樣問『妳在這邊幹嘛？』然後她說是來丟棄回憶的，她也說她是畢業生。還說早已決定最後要來這裡。是不是很像鬼啊？但有留下她燒筆記本的痕跡，那到底是什麼啊。」

「她也來丟棄回憶？」

靜靜聽話的他突然插話，校工邊點頭邊喝了一口自己的麥茶。

「沒錯，大概就是指那個筆記本吧。所以我聽到你是畢業生，才會問你是不是也來丟棄回憶的。看到你突然想起來，那都是八年前的事情了耶。」

校工啊哈哈大笑，他也跟著一起笑。

「那個，可以讓我進校舍逛逛嗎？」

「可以啊，請。以前的塗鴉肯定也還留著喔。啊，但我還是要問一下你的名字，可以嗎？」

「啊，不好意思。」

他邊站起身邊說：

「我是二十六年前的畢業生，名叫真部和人。」

「這樣啊，二十六年前啊……那你就慢慢逛吧。」

他鞠躬後走出校工室，接著彷彿想起什麼多加一句：

「八年前的女生，她大概是高林茉莉，她也是二十六年前的畢業生。」

校工轉過頭，和人彎嘴一笑後走出辦公室。

校舍和當年相同，和那時的記憶相同。年幼的茉莉，美麗的她都在這裡。

和人慢慢走過三年二班的教室，朝美勞教室前進。

毫不猶豫走向最裡面的櫃子，那裡果然還是堆滿膠合板，和人慢慢拿開膠合板，抵達變得比當年更熱鬧的地方。

「好驚人……真的變成傳說了耶……」

自言自語不禁輕笑，和人跪地輕撫那個名字。

兩人刻在櫃子中的名字，旁邊還刻上了幾十個男女生的名字。不曾相識的人，其心意在此集結。

慢慢摸過「茉莉」的名字，那時歡笑的聲音在耳邊復甦。

「茉莉……茉莉……」

妳離開後，已經過了八年了。

正如妳所說，無法碰觸也無法擁抱妳，已經過了八年了。

和人慢慢對著在那裡的茉莉說話。還一無所知的天真少女，與背負一切也努力活著的她。兩個都是他所愛的人。

「茉莉，結果我在那之後還是沒有結婚……」

從口袋中拿出蒂芬妮對戒，並排擺放在那。給茉莉戒指那時，以及茉莉還他戒指那時，對和人來說彷彿還是昨日。

和人回憶著這八年，重重嘆了一口氣，接著對著她的名字微笑著慢慢說：

「但是，實現和妳最後一個約定的時候終於來了……」

和人下週要結婚了，他終於遇見打從心底心愛的人。

所以才來這裡捨棄回憶，因為覺得這裡最適合。所以他才會獨自前來，沒想到茉莉八年前也做了相同的事。早已哭乾流不出的淚水，久違了地湧出眼眶。

離開校舍的和人，直直朝焚化爐前進。一想到自己和八年前的茉莉走在相同地點，只是這樣就讓他受到鼓舞。

站在焚化爐前，打開門，再次注視手心中的對戒，緊緊握住，接著丟進尚未熄滅的火焰中。

和人邁出腳步。

走向他的人生道路。

* * *

小學流傳著一個傳說。

美勞教室最裡面的櫃子。只要把製作畢展時使用的膠合板拿開，就能化作真實。今天也有個有心上人的女孩，在放學鐘響的同時來到這裡。拿開堆積如山的膠合板，驚嘆著原來傳說是真的。

少女用不熟練的動作，刻下自己和心上人的名字。接著低頭看著刻好的名字，滿足地笑了。

在擁擠的愛情中心，他們兩人就在那。

兩人，永遠在那裡相依偎。

——兩人，永遠在那裡相依偎——

完

高寶書版集團
gobooks.com.tw

TN296
餘命10年
余命10年

作　　者　小坂流加
繪　　者　loundraw
譯　　者　林于楟
編　　輯　薛怡冠
校　　對　林毓珊
美術設計　陳思羽
排　　版　彭立瑋
版　　權　張莎凌
企　　劃　方慧娟

發 行 人　朱凱蕾
出　　版　英屬維京群島商高寶國際有限公司台灣分公司
　　　　　Global Group Holdings, Ltd.
地　　址　臺北市內湖區洲子街88號3樓
網　　址　www.gobooks.com.tw
電　　話　(02) 27992788
電　　郵　readers@gobooks.com.tw（讀者服務部）
傳　　真　出版部　(02) 27990909　行銷部 (02) 27993088
郵政劃撥　19394552
戶　　名　英屬維京群島商高寶國際有限公司臺灣分公司
發　　行　希代多媒體書版股份有限公司／Printed in Taiwan
初版日期　2022年8月

國家圖書館出版品預行編目(CIP)資料

餘命十年 / 小坂流加著；林于楟譯.-- 初版. -- 臺北市：英屬維京群島商高寶國際有限公司臺灣分公司, 2022.08-
　冊；　公分. --

譯自：余命10年

ISBN 978-986-506-431-0(平裝)

861.57　　　111007214

GOBOOKS
& SITAK
GROUP©